un bicho cualquiera

ping

ping

primerísimo

primer plano

Somos geniales.

babas

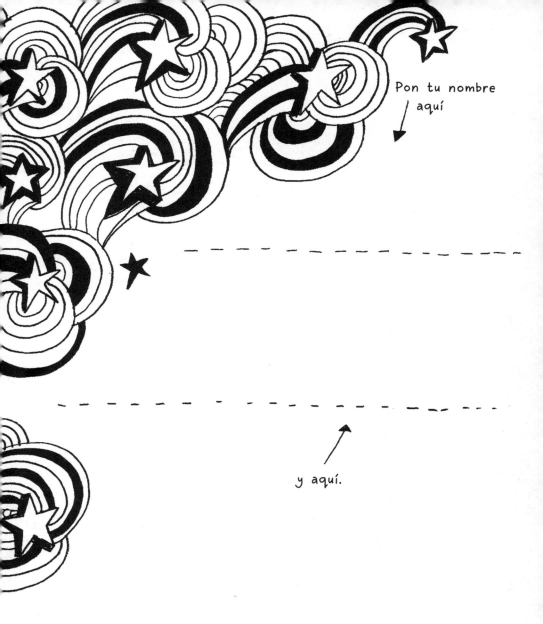

Pon tu nombre
aquí

y aquí.

Título original: *Tom Gates – Dog Zombies Rule (for now)*,
publicado por primera vez en el Reino Unido
por Scholastic Children's Books,
un sello de Scholastic Ltd
Texto e ilustraciones © Liz Pichon, 2016

Traducción al castellano © Daniel Cortés Coronas, 2017

© Grupo Editorial Bruño, S. L., 2017
Juan Ignacio Luca de Tena, 15
28027 Madrid

Dirección del Proyecto Editorial: Trini Marull
Dirección Editorial: Isabel Carril
Coordinación Editorial: Begoña Lozano
Edición: Cristina González
Preimpresión: JV, Diseño Gráfico, S. L.

ISBN: 978-84-696-2166-0
D. legal: M-23426-2017

Printed in Spain

www.brunolibros.es

lobozombi
babioso*

*baboso y rabioso

Los LOBOZOMBIS son GENIALES
(y PUNTO)

Liz Pichon

un → perrozombi

⒝ Bruño

Este LIBRO está DEDICADO a **TI**. (¡SÍ, a TI!)

- -

MUCHÍSIMAS GRACIAS

por elegirlo. Y nunca dejes

de leer ni de dibujar.

¡QUE LO DISFRUTES!

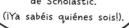

Un AGRADECIMIENTO MUY especial a: Sam, Andrew, Jason, Pete, Claire, Rachel P, Lyn y a TODO el fabuloso equipo de Scholastic. (¡Ya sabéis quiénes sois!).

Estoy MUY EMOCIONADO

porque, por **PRIMERA** vez en la **VIDA**,

VOY A TENER (¡ESTA VEZ SÍ!) una

¿Hay algo MÁS GENIAL que eso?

(NO).

En realidad no es **mi** $\overset{\cdot\,\cdot\cdot\cdot\cdot}{\text{mascota}}$, solo se la voy a cuidar a mi amigo Mark.

Esta mañana me ha dicho en el cole:

«Pronto nos mudamos de casa y yo me quedaré unos días con mi abuela, pero no tiene sitio para TODAS mis **mascotas**. ¿Quieres ayudarme?».

Y yo enseguida he gritado:

¡SÍ! ¡CUENTA CONMIGO! YO CUIDARÉ TU MASCOTA, ¡NO HAY PROBLEMA!

Estaba TAN EMOCIONADO que ni siquiera le he preguntado QUÉ **animal** era. Mark tiene MUCHAS **mascotas**, unas con más peligro que otras...

«¡GRACIAS, Tom! Después de las clases me paso por tu casa y te lo llevo TODO, ¿vale?».

«GENIAL», le he dicho.

Pero luego me he puesto a pensar...

En una escala del 1 ⇒ al 10: ¿cómo estarían de contentos mis padres si yo tuviera una **mascota** en casa?

😖 Rabiosos	😠 Poco contentos	😊 Contentos	😁 Entusiasmados
1 2 3	4 5 6	7 8	9 10

En una escala del 1 al 10, ¿cómo estaría de contenta Delia si yo tuviera una **mascota** en casa?

Más o menos así:

😖 Rabiosa	😠 Poco contenta	😊 Contenta	😁 Entusiasmada
1 2 3	4 5 6	7 8	9 10

Eso es porque Delia  es alérgica a algunas mascotas. Y también a otras cosas, como por ejemplo, a la ☆✶ DIVERSIÓN. ✶

(Es la pura verdad. Mi hermana es un **bicho raro**). Sabía que no iba a ser fácil convencer a mis padres de que me dejasen tener una **mascota**, pero tenía que INTENTARLO porque ahora sí que me moría de ganas.

(Esta es mi cara de «Quiero TENER una **mascota**»).

Después de comer, cuando me he sentado en mi sitio, Marcus me ha mirado de arriba abajo. «¿Por qué estás tan CONTENTO? ¿No te acuerdas de que tenemos MATES?».

(Pues no, no me acordaba).

Y he cometido el ERROR de hablarle de la mascota de Mark.

«La cuidaré mientras él esté en casa de su abuela. Por eso estoy de tan buen humor».

«¿Vas a cuidar de la SERPIENTE de Mark?».

«NO, de su SERPIENTE, no. De OTRA mascota», he dicho muy convencido.

(No me acordaba de su SERPIENTE).

«FIJO que te va a dar su serpiente. ¿Y sabes por qué?».

«Pues no», he suspirado.

Pero Marcus, ni caso.

«La abuela de Mark NO quiere una SERPIENTE en su casa porque tiene miedo de que se ESCAPE y se la COMA».

Ñam.

Entonces **AMY** ha dejado de leer su libro para decir: «Por si no lo sabíais, la de Mark es una serpiente del maíz, y esas serpientes NO comen personas».

«¿LO VES? Ya has oído a **AMY**. Además, no voy a cuidar la serpiente», le he dicho a Marcus, a ver si así se callaba.

Hip.

Pero no se ha callado.

«Para todo hay una PRIMERA vez... Y cuando la serpiente esté en TU casa, a lo mejor un día se despierta con mucha hambre, se te acerca y...

~ ¡ÑAC! ~, acabas dentro de su PANZA».

Y Marcus se ha puesto a mover el brazo imitando a una serpiente.

¡Mmmm!

¿POR QUÉ he tenido que decirle nada? Ojalá me hubiera callado.

Marcus no ha parado de hacer el bobo con el brazo hasta que se le ha cansado.

Pero entonces ha empezado a sssssssssilbar...

¡FSSSSSSSSSSSS!

¡Au!

y daba mogollón de rabia.

AMY ha vuelto a levantar la vista.

«Para ya, Marcus, que estoy intentando leer».

«ESO ES. ¡Chisssssst!», le he soltado yo.

«¿Tu hermana no era alérgica a los animales?», me ha preguntado AMY de sopetón.

(Además de ser SUPERlista, tiene muy buena memoria).

«**SÍ** que lo es. PERO tengo un **PLAN PERFECTO** para evitar

ese problema», le he explicado mientras ponía cara

de tío listo e ingenioso al mismo tiempo.

UFF... «No lo dudo...», ha dicho **AMY** en voz

baja antes de ponerse a leer otra vez.

(En realidad, yo no tenía ningún plan... **AÚN**).

He aprovechado la clase de mates increíblemente

LARGA del señor **F**ullerman

para elaborar mi PLAN.

Si mis padres decidían **NO**

dejarme cuidar la **mascota**, podría colarla en casa

a escondidas. O tenerla en el jardín.

He dibujado soluciones diferentes para **mascotas**

diferentes...

... mientras mantenía mi cara de «concentrado en las MATES» todo el rato. (¡Algo nada fácil!).

cara de matemáticas

Mi pose funcionaba estupendamente hasta que Marcus se ha puesto a ESPIAR  lo que hacía

y a sssssssssssssilbarme OTRA VEZ.

¡Fssssssssss!

(Grrrr).

«Chissssst», le he dicho, intentando no llamar la atención del profe.

Pero Marcus no me dejaba en paz ni a tiros: «¿Así haces los ejercicios de MATES?», me ha preguntado.

DE REPENTE,

el señor Fullerman nos ha mirado.

«Parecéis dos IMANES, vosotros dos. Hala, separaos. Y el que esté fastidiando con ese silbido, que PARE de una vez».

Yo he clavado los OJOS en Marcus

y le he dicho: «Eso va por TI».

Y el profe me ha oído.

«¿Quieres añadir algo, Tom?».

«No, señor Fullerman».

«Perfecto. Ahora, seguid con los ejercicios de matemáticas, que tengo muchas ganas de verlos TODOS», y ha seguido

corrigiendo nuestros deberes.

Marcus por fin se ha separado de mí y me ha dejado tranquilo — un rato. Y así he podido terminar de RESOLVERLO todo.

(Las mates no, el escondite para la mascota).

conejo escondido

Plasmar todas mis ideas sobre el papel me ha animado MUCHO. He cogido la hoja de ejercicios y he visto un MONTÓN de NUEVES POR TODAS PARTES. Como las MATES no son lo MÍO, he sentido un poco de PÁNICO hasta que he recordado cómo se multiplicaba por nueve con los DEDOS.* Es MUY útil en momentos como este.

CASI tan útil como sentarse al lado de AMY.

---

* Aprende a multiplicar por nueve con los dedos en las páginas 228-229.

Ya había acabado casi todos los ejercicios 😊, y encima me sobraba tiempo para ~~SEGUIR~~ haciendo ~~MATES~~ ~~SUMAS~~ DIBUJOS.

(Eran dibujos con números, que casi cuentan como las mates).

número compuesto

Las mates molan.

número elevado

LOBOZOMBI elevando un 9 y un 3

NOTA para el señor Fullerman: espero que todos los ejercicios estén bien. Si no, podría compensarlo con estos fantásticos dibujos...

Ya no he podido pensar en nada más que en la **mascota** hasta que ha sonado el timbre.

De camino a casa no podía dejar de mirar los perros de los demás e imaginarme que eran míos.

Tenía TODA la intención de hablar con mis padres de la **mascota** de Mark nada más llegar a casa. Pero al final me he dedicado a pasearme de un lado a otro haciendo otras cosas MUY importantes, como:

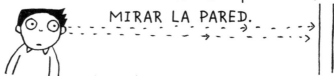

MIRAR LA PARED.

Arrancarme PELOTILLAS de los pantalones.

Lanzar las pelotillas para ver si VOLABAN lejos.

(No mucho).

¿Y si mis padres NO me dejaban tener la **mascota**? Eso me dejaría FATAL y, aparte, sería un chasco. Como Mark me había dicho que vendría a casa justo después de clase, me quedaba muy poco tiempo para pedir permiso. Después de arrancar algunas PELOTILLAS más... ME HE DECIDIDO. ⇨

Me he plantado delante de ellos y les he

SOLTADO...

«Papa, mamá, ¿os puedo PREGUNTAR una cosa?».
(Los dos han LEVANTADO UNA CEJA a la vez).

«Dispara...», ha dicho mi madre,
que parecía desconfiada.

«RESULTA que mi amigo Mark
me ha pedido que le haga un GRAN favor.
Y como soy un trozo de pan y siempre intento hacer
cosas buenas, le he dicho que POR SUPUESTO que
me quedaría unos días con una de sus mascotas,
para ayudarle y eso».
(He dicho la palabra «mascotas» muy bajito,
y así igual no la oían). ☺

«Has hecho bien, Tom», me ha dicho papá.

 ¡FIU! No ha sido tan DIFÍCIL.

Sin darles ni un *respiro*, he añadido:

«¡GRACIAS! ¡ES GENIAL!

Mark ya viene hacia aquí, y se va a poner

MUY contento».

Espera un segundo... ¿Una

➡️ MASCOTA, has dicho?

(Mamá lo pilla todo con su oído

ULTRASÓNICO).

«Sí...».

Antes de que me pudiera decir que NO,

he encontrado otra forma de pedírselo...

(Yo cogiendo aire). →

PORfa PORFA Porfa

¡Porfa! PORFA Porfa

¡PORFA! Porfa Porfa

POrfa PORFA Porfa

Porfa ¡PORFA! PORFA

PORFA Porfa PORFA

PORFa Porfa PORFA

POrfa ¡PORFA!

Porfa PORFA...

No he parado de decir PORFA hasta que me he

quedado sin aire, y mamá ha aprovechado para

SALTAR... «Tom, ya sabes

que no podemos tener **mascotas** en casa».

«¡Pero Mark dice que <u>su abuela</u>

no puede cuidar de todas sus **mascotas**,

y que su madre está MUY *estresada*!».

He puesto cara de muy *estresado*

(NI IDEA de si era la misma

que pone la madre de Mark).

«Yo solo quería AYUDAR», he dicho con voz triste.

«Con tantas **mascotas** en casa,

no me extraña nada que la madre de Mark

esté *estresada*», ha comentado papá.

 «¡ESO DIGO YO!».

«¿Pero Mark y su familia están bien?»,

ha preguntado mamá.

En ese momento, yo podría haber contestado...

«Están bien. Se van a mudar,

nada más».

Pero, en vez de eso, le he echado

un poco de TEATRO:

«Da igual QUÉ problema tengan.

Mark me ha pedido ayuda

y yo soy su amigo».

No era mentira, ¿verdad? Solo lo he pintado todo

más DRAMÁTICO.

«No lo sé, Tom. ¿Qué te parece si...?», estaba diciendo

mamá cuando ha SONADO el timbre.

ding

dong

(Hola, Tom.) **M**ark estaba en

la puerta con una bolsa y una jaula

cubierta con una sábana. Ha entrado

y ha dejado las dos cosas en el suelo.

«GRACIAS por la ayudita, Tom. Eres UN AMIGO».

«Tranqui, Mark. Un placer AYUDARTE», he dicho

mientras les lanzaba una mirada a mis padres

para convencerlos. Con Mark delante, ya era

muy difícil que se negasen, A MENOS

que debajo de la sábana hubiera algo

muy CHUNGO, como por ejemplo:

UNA ARAÑA
ENORME

una **mofeta**
(apestosa)

millones de
cucarachas

He cruzado los dedos de las manos y los pies

(y también los ojos) para que fuera algo bonito

y simpático... ¡como un PERRO!

«**N**o puedo quedarme mucho rato porque mi abuela me espera, pero está MUY contenta de tener un animal menos en su casa, aunque sean solo unos días», nos ha dicho Mark.

«Ya me lo figuro», ha contestado papá.

Pero lo que yo QUERÍA saber era...

¿DE QUÉ ANIMAL ESTÁBAMOS HABLANDO?

Mark ha abierto la bolsa y ha dicho: «También te traigo sus juguetes...».

¡«JUGUETES»! ¡MARK HA DICHO «JUGUETES»!

LOS PERROS TIENEN JUGUETES.

¡VIVA! «¿Es un PERRO?».

«Ah, ¿no te he dicho qué es?», me ha preguntado Mark.

«¡NO!»,

hemos contestado todos a la vez.

«Ah, perdonad».

Mark le ha quitado la sábana a la jaula y,

DENTRO...

... no había ningún perro.

O, si era un perro, debía de ser minúsculo.

(Ooooh).

«Ahora está durmiendo. Pero tranquilo, que cuando **Canica** se despierte, estará mucho más activa, YA LO VERÁS».

«¿Y QUÉ animal es **Canica**?», he preguntado (intentando no sonar decepcionado).

«Es una HÁMSTER».

Mark me ha notado en la cara  que los hámsteres no me vuelven loco.

«Son unas **mascotas** ESTUPENDAS. Les gusta guardarse comida en los carrillos, para luego».

«¡Qué bien se lo montan!».

Supongo que CUALQUIER **mascota** es mejor que ninguna, y mis padres parecían conformes con **Canica**.

Menos mal.

Antes de irse, Mark me ha dado instrucciones para cuidar a **Canica** y limpiarle la jaula.

 «Ándate con ojo cuando le cambies el serrín, que a veces quiere salir a pasear. Tienes que VIGILARLA bien», me ha avisado.

 «¿O sea, que se ESCAPA?». ¡Yupiiii!

«A veces. Pero no es muy rápida y no suele llegar muy lejos».

 «¿CÓMO de lejos?», quería saber mamá.

«Bueno, siempre podéis hacerla volver con estas golosinas».
Y Mark nos ha enseñado un paquete de comida para hámsteres.

 «No la perderé de vista», le he asegurado.

«Pues, si no hay problema, volveré a buscarla dentro de una semana».

«Gracias otra vez», nos ha dicho Mark mientras se iba.

«Es un chico **MUY** bien educado. Me alegra que le ayudes, Tom», ha sonreído mamá. ¡Como si hubiese sido idea SUYA! (Grrr).

«Tendrás a **Canica** en tu habitación, lejos de Delia», me ha dicho papá justo cuando mi hermana entraba en casa. Rápidamente he vuelto a tapar la jaula de **Canica** con la sábana y la he puesto lejos de Delia.

  «¿**QUÉ** es eso?».

«Serán solo unos días y el amigo de Tom vendrá a llevársela. ¡Ni siquiera vas a darte cuenta de que está aquí!», ha querido tranquilizarla mamá. (Pero no ha FUNCIONADO).

«¿**QUÉ** es lo que va a llevarse el amigo de Tom?», ha preguntado Delia, agobiada.

«Es solo una hámster pequeñita, no te preocupes».

 N₀ es *TAN* pequeñita,

he dicho, porque la jaula era bastante grande.

«¿**POR QUÉ** Tom tiene una **MASCOTA**? ¿Es que no sabéis que me dan alergia?», ha protestado Delia muy **MOSQUEADA** y sacudiendo mucho los brazos.

«Ahora tendré que irme a casa de **Avril** para huir de todos esos **PELOS** de ANIMAL volando por aquí».

«Si no te acercas a la habitación de Tom, no pasará nada. **Canica** no se va a escapar, ¿a que no, Tom?», ha dicho papá para calmar a Delia.

 ¡Libre!

«**E**spero que no, pero eso nunca se sabe...»,

he dicho, y ella no se lo ha tomado muy bien.

«¡No me lo puedo CREER!».

Delia ha dado un pisotón.

. CLOC

«Nos aseguraremos de que no se escape, ¿eh,

TOM?», ha insistido mamá, levantando la ceja otra vez.

«SÍ. Pero, por si acaso, NI TE ACERQUES

a mi habitación. Ni a MÍ», le he dicho

a Delia con una gran sonrisa.

(gesto de
«NI TE ACERQUES»)

YO
¡ESTO ES ☆GENIAL! ☆   Delia

(Gran distancia).

Es **OFICIAL:** ¡Delia ya no podrá molestarme!

Y no me importa tener que limpiar la jaula de **Canica**,

porque seguro que cuidar de una **mascota** va a ser

ALUCINANTE ☺. Solo hace un ratito que la tengo

y ya me lo estoy pasando bomba.

TENER UNA MASCOTA EN CASA VA A SER UNA PASADA.

¡VIVA!

Subo a **Canica** a mi habitación para que se vaya adaptando (aunque ahora está durmiendo).

Me la quedo mirando un rato. ☺ Todavía duerme cuando papá y mamá entran a darme las buenas noches y a comprobar que todo va bien.

«No dejes salir a **Canica** de la jaula, ¿eh?», me recuerda papá.

«No».

«Y no leas cómics ni enciendas más la luz», añade mamá, arropándome en la cama.

«¡Buenas noches!», digo, y espero a que salgan... para encender mi LUZ DE LEER y saltar de la cama, porque CREO que...

¡Canica está DESPIERTA!

(¡Ahora sí!).

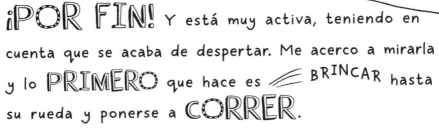
¡Hola!

¡POR FIN! Y está muy activa, teniendo en cuenta que se acaba de despertar. Me acerco a mirarla y lo **PRIMERO** que hace es BRINCAR hasta su rueda y ponerse a **CORRER.**

Canica se pasa **MUCHO** rato corriendo, y hace girar la rueda **RAPIDÍSIMO...**

Parece que no se cansa.

Gira y gira hasta que...

SALE de un *SALTO*,

¡Yupiii!

SE APOYA en UNA pata,

da un sorbo de agua y vuelve a saltar a la rueda.

¡NO sabía que los hámsteres tuvieran tanta ENERGÍA!

Me quedo mirándola
un buen rato.

Canica decide montarse en el balancín. Va pasando de un lado a otro para que...

Cada vez que toca el suelo de la jaula, hace un ruido muy **FUERTE**.

Y no se cansa. **Piff..., poff..., piff..., poff..., piff..., poff..., piff..., poff..., piff..., poff...**

Después, **Canica** vuelve a saltar a la rueda, que no para de CHIRRIAR mientras ella CORRE.

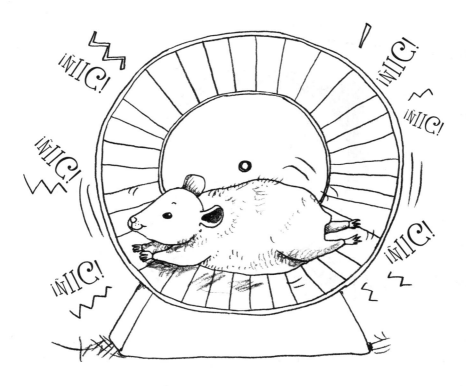

Tanto CHIRRIDO me está poniendo de los **NERVIOS**. Si PARO de mirarla, igual se calma o se duerme, así que vuelvo a la cama y cierro los ojos. Pero ella sigue corre que te corre.

TODA LA NOCHE.

¡ÑIIC!

¡ÑIIC!

¡ÑIIC!

¡ÑIIC!

No me deja pegar ojo hasta que la luz del SOL

empieza a colarse por las cortinas. SOLO entonces

los CHIRRIDOS van reduciéndose hasta que se

PARAN.

Y empiezo a quedarme
dormido.

POR FIN.

Uff...

¡**N**O ME ESPERABA que mi reloj de cuco
hiciese ESTO! Creía que estaba **ESTROPEADO**.
Supongo que, de tanto trastearlo y darle cuerda,
al final se ha arreglado.

Saco el reloj de debajo de la cama para
PARARLO. Estoy HECHO POLVO, ¡no me puedo
creer que ya sea hora de levantarse!
Todo ese RUIDO no ha despertado
a **Canica**, que no se ha movido ni un pelo.

 (Qué suerte tiene).

Yo diría que Delia también se ha DESPERTADO.
La oigo refunfuñar y PROTESTAR
en su habitación. No parece NADA contenta.

Oh, oh...

¡PARA ESE
DICHOSO RELOJ!
Grrrrrr...

¡No me puedo
creer que haya vuelto
a DESPERTARME!

Lo único que la puede CHINCHAR aún MÁS que mi reloj de CUCO es que me cuele en el baño antes que ella (eso la pone FRENÉTICA).

Grrrrr...

Tal que así.

-PAM

¡TOM!

Aunque estoy medio dormido, hago un esfuerzo EXTRA y salgo al pasillo para seguir con esta ☆DIVERTIDA☆ tradición familiar.

Además, prefiero llegar pronto a clase porque el señor Fullerman ha empezado una CAMPAÑA para que todos seamos PUNTUALES. Ha colgado una TABLA NUEVA :

¡Mucha atención!

SER PUNTUAL ES GENIAL

Grupo 1	Grupo 2	Grupo 3	Grupo 4

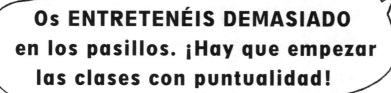

Y siempre nos dice:

Os ENTRETENÉIS DEMASIADO en los pasillos. ¡Hay que empezar las clases con puntualidad!

Pero es que hay MUCHAS distracciones cuando vas hacia clase, como por ejemplo:

- Los amigos.

¡Hola! ¡Mira!

- El campi (y otros juegos...).

- Seguir a los profes (y que NO TE PILLEN).

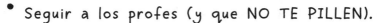

atrevido

superatrevido

Se supone que esta [TABLA NUEVA] va a animarnos a TODOS a SER PUNTUALES.

El señor Fullerman ha dividido la clase en cuatro grupos, y por una vez no me toca con Marcus.

Cada grupo empieza con **50** puntos. Si un día llegas tarde, tu grupo pierde un PUNTO, y el grupo con más puntos al acabar el mes se lleva un

PREMIO ESPECIAL. (Eso suena bien).

Aunque el profe TODAVÍA no nos ha contado cuál es ese «premio». Dice que es una

¡SORPRESA!

Por eso ahora tengo un buen motivo para entrar al BAÑO antes que Delia. Sigo medio dormido, pero saber que voy a fastidiarla me motiva mucho. Eso sí: que no se me olvide echar el PESTILLO.

CLIC

(Ya ESTÁ).

Cuando me miro en el espejo del baño,
me quedo

IMPACTADO.

¿Dónde están mis OJOS? ¡Han desaparecido
de mi CARA!

Parezco una **PATATA**.

(Cualquiera se presenta ASÍ en clase).

No me esperaba para NADA que cuidar de una **mascota** fuese **TAN** duro. A lo mejor me espabilo si me paso por la cara un pañuelo mojado en agua FRÍA.

(Es el tipo de cosa que haría mamá).

No quiero que Delia vea mi cara de patata porque:

1.  ¡Se va a REÍR! ¡Ja! ¡Ja!

2. Adivinará por qué tengo mala cara.

Canica no te ha dejado dormir.

¡Que no!

3. Se chivará a papá y mamá.

Canica solo da PROBLEMAS.

Lo sabíamos.

Y ENTONCES me harán devolvérsela a Mark.

Adiós.

Y eso sería CATASTRÓFICO!

Así que me FROTO bien la cara, a ver si funciona

(tampoco hace falta ponerse

tan RADICAL como para

DUCHARME).

Ya me estoy secando cuando

Delia empieza a llamar a la puerta (muy fuerte).

Y a ESTORNUDAR.

¡Achííííís!

Y entonces empieza:

Ese reloj tuyo es un INCORDIO,

Tom. Y llevas HORAS ahí.

ESPABILA, ¿QUIERES?

(Sniff...).

Sniff..

Por decirme que ESPABILE,

voy más LENTO

(para mosquearla).

cámara   lenta

¡**TOM**, cualquiera diría que te estás duchando... o BAÑÁNDOTE!

 «¿Y tú cómo sabes que no estoy en la BAÑERA?», grito desde el otro lado de la puerta.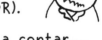

¡**NO** te bañes y punto, que no quiero llegar tarde! Contaré hasta **DIEZ**.

 Tarde o temprano tendré que salir del baño, y seguro que Delia va a querer DESPEINARME a lo bestia (o algo aún PEOR).

Intento PENSAR qué hacer cuando empieza a contar...

¡SAL YA! UNO..., DOS..., TRES..., CUATRO...

Me he quedado en BLANCO (¡me cuesta pensar!) cuando de pronto veo...

... EL CESTO DE LA ROPA SUCIA

en el suelo, y tiene más o menos el mismo tamaño

que la jaula de **Canica**.

PODRÍA fingir que he entrado en el baño con

Canica, y así Delia TENDRÁ que apartarse de mi camino.

Tapo el cesto con una toalla y le lanzo un

«Salgo <u>SI</u> TÚ TE VAS».

(Ahora Delia intenta FORZAR el pomo de la puerta).

«Estoy con **CANICA**, o sea, que más te vale

mantener las DISTANCIAS.

Ya estás

».

¿No te han dicho que **NO** saques ese **bicho** de tu HABITACIÓN?

«Se llama **CANICA**, y le estaba ENSEÑANDO la casa. Es su primer día aquí, es nuestra INVITADA... ¡y no sabía que iba a toparme CONTIGO en el baño!».

¡Vaya choza!

Cuando mamá y papá sepan que vas PASEÁNDOLA por toda la casa, ¡te vas a ENTERAR!

Delia está **RABIOSA**, y solo es cuestión de tiempo que mamá o papá vengan a ver qué pasa. Abro un pelín la puerta y MIRO fuera.

Luego cojo el cesto y digo:

«Voy a salir, Delia.

APÁRTATE».

Avanzo como si un campo de fuerza MÁGICO me protegiese. ¡Es ALUCINANTE!

¡Grrr!

Ojalá tuviese siempre un recurso así.

Ya estoy a punto de llegar sano y salvo a mi cuarto...

cuando mis padres me interceptan.

«Estás un poco colorado, Tom»,

me dice mamá, y me pellizca

la mejilla, como si eso

no lo empeorase.

«No tienes FIEBRE. ¿Es que te has

frotado la cara con un pañuelo mojado?».

«NO», contesto mientras me pregunto CÓMO

siempre consigue saber lo que he hecho.

← sin sombrero

«¿A QUÉ venían esos gritos?», quiere saber

papá. (Por favor, que NO se fijen en la toalla tapando

el cesto ni me hagan preguntas DIFÍCILES).

«¿Y qué llevas debajo de esa toalla, Tom?».

(Demasiado tarde).

Antes de que pueda PENSAR una respuesta, Delia salta:

ES EL **HÁMSTER.** ¡Me tiene **FRITA!**

Tom, ¿qué te hemos dicho?,

pregunta mamá muy seria,
y yo le explico (muy bajito
para que Delia no me oiga):

«Solo es el cesto de la ropa. **Canica** está en su jaula».

Pero papá sale de mi habitación y dice:

TOM, ¿y **Canica?** ¡AQUÍ no está!

Delia aprovecha para INSISTIR: →

¡La tiene **Tom!**

(Nada está saliendo como había planeado).

No me queda otra que dejar el cesto y correr a mi

cuarto para demostrarle a papá que **Canica** sigue allí.

«No está en su jaula.

¿Seguro que la has cerrado bien? No veo a **Canica**

por ningún sitio... ¿Esto de aquí es su comida?».

¡Papá está buscando a **Canica** debajo de mi CAMA!

«No, son migas de galleta», contesto.

Mamá entra y empieza a mover muebles muy

preocupada.

«SABÍA que pasaría esto», suspira.

Mientras mis padres se AGOBIAN,

yo MIRO O O en la jaula de **Canica**.

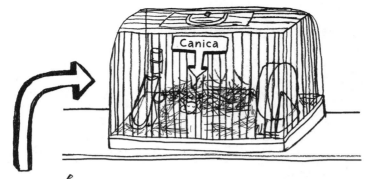

«¡PAPÁ, que está AQUÍ, como te he DICHO!».

«Pues hace un segundo no estaba,
te lo aseguro». Papá mira fijamente a **Canica**
como para comprobar que es ella de verdad.

Hummm...

«¡Menos mal!», exclama mamá. «Ahora corre
a vestirte para ir a clase», añade mientras Delia
pasa hecha una FURIA por delante de mi cuarto
y me suelta:

¡No quiero ni ver ese
hámster, TOM!

«¡CHIsssssssssssss!, que vas a despertarla!»,
le digo muy sonriente mientras se mete
en el baño. Aunque, mirando a **Canica**,
dudo que ALGO pueda despertarla...

Por lo menos se me han abierto un poco los ojos después de todo este follón (y del pañuelo mojado). Ahora que veo bien, vestirme para ir a clase es MUCHO más fácil.

ANTES del pañuelo	DESPUÉS del pañuelo
Cara de Patata	Cara normal

Solo espero tener un día RELAJADO en el cole y que no nos manden tareas que me <u>cansen</u> más todavía. Esta es la lista de cosas que tengo que evitar hoy:

1. Correr DE CUALQUIER TIPO
2. Controles de ~~ortografía~~ DE CUALQUIER TIPO
3. Ejercicios de mates ~~difíciles~~
4. Jugar al campi
5. Concentrarme
6. Marcus (sobre todo si se pone en plan repelente)

La lista sería interminable...

Mientras papá buscaba a **Canica** debajo de mi cama, he fichado una **RANA DE CHOCOLATE** con su envoltorio y todo. Me dan ganas de comérmela ya, pero me la guardo para luego.

Después del desayuno (y de un <u>BOCADO</u> a la **rana**, no he podido evitarlo), me preparo para ir a buscar a Derek cuando mamá me dice que coja un bollo para el recreo. Yo contesto ¡VALE!, y le doy otro bocado a la **rana**

(sin que mamá me vea).

Derek también quiere ser puntual porque en su clase les hacen quedarse a barrer si llegan tarde. Le doy un trocito de rana y se pone <u>muy</u> contento.

Los mejores amigos están para eso, ¿no?

Gracias.

De nada.

57

Vamos al cole sin prisa, charlando tranquilamente de los **LOBOZOMBIS**.

También le cuento a Derek que **Canica** no me ha dejado dormir.

«¿Y esos ojos tan pequeños?», me pregunta.

«Todos los hámsteres los tienen así».

ojos pequeños

«Me refería a **TUS** ojos, no a los de **Canica**», se echa a **REÍR** Derek.

«Tendrías que haberme visto antes...», y le enseño mi careto de recién levantado. 🡆

«Ojalá pudiera quedarme en casa y recuperar las horas de sueño..., que es lo que estará haciendo **Canica**».

¡Ñam!

«Pollo muerde nuestras cosas cuando no estamos».

«¿Y si escribimos una canción sobre Pollo?», propongo.

«¡Oye, pues sí!», dice Derek, y para inspirarnos, parto por la mitad el último trozo de la **rana** (que no me ha durado nada).

Mientras tanto, en casa... ⇨

Hemos madrugado <u>tanto</u> que somos los PRIMEROS

en llegar, y como normalmente voy

con *prisas* , se me hace un poco raro.

Es como ir al cole en fin de semana por error.

(No sería la primera vez).

¿Dónde están todos?

 Lo bueno es que tenemos el MEJOR

banco del patio para nosotros solos.

«¡Hoy no me tocará barrer!»,

sonríe **D**erek. «Y a mí no

me descontarán puntos», añado yo. Entonces **D**erek

dice que podemos aprovechar para hacer una cosa

<u>muy importante</u>.

«La **rana de chocolate** se ha acabado, lo siento».

«No, no es eso».

 «**VALE**». (Ni idea de lo que va a decir).

«Tendríamos que planear...»

EL SUPERÉXITO MUNDIAL DE LOS LOBOZOMBIS

¡ESO!

Derek, Norman 👓 y yo hemos decidido que,
si ALGÚN día queremos ser el MEJOR grupo del mundo
entero, deberíamos ir haciendo algo más que tocar
en la Residencia de Ancianos Vida Nueva.
(Que está muy bien, pero no basta).

> Deberíamos grabar
> un vídeo musical,

propone Derek,
y me parece una idea GENIAL. ☺
(Ya grabamos uno hace tiempo).

«¿Y por dónde empezamos?», pregunto.
«Necesitamos canciones NUEVAS.
Tengo algunas ideas, ¿te las enseño?». (¡Claro!).

Derek me enseña
un bloc donde
lo apunta TODO.
«¿Aquí pone "Me llamo ROLLO"?», le pregunto, porque
me parece un tema muy raro para una canción.

«No, pone "POLLO". Ya conoces mi mala letra».

Eso me
cuadra más.

Me pongo a (pensar) y se me ocurren algunos versos...

«Me llamo POLLO,

estoy de buen ROLLO

¡y me como un BOLLO!».

(Ahora que lo pienso, me he dejado [mi] bollo en casa).

«¡Será un ÉXITO!», SONRÍE Derek,

y lo apunta todo en su bloc.

«¿Cómo seguiría?», me pregunta.

Hummmm...   Hummmm...

Hummmm...   Hummmm...

«Ya lo pensaremos luego», propone mi amigo.

Lo de usar palabras parecidas (como «POLLO»,

«ROLLO» y «BOLLO») me ha recordado otra cosa

que me gusta hacer con las canciones.

«¿Te sabes esta?», le pregunto a Derek

(y me pongo a cantar).

«Yo quiero tener
un millón de **AMIGOS**
y así más fuerte
poder cantar».

«Sí, ya sé cuál es».

 «¿Y si le cambio la letra?:

"Yo quiero tener
un millón de **HELADOS**"».

«¡Es buenísima!», se echa a REÍR Derek.
Hemos QUEDADO en que la próxima vez
la cantaremos ASÍ.

 «Ya verás cómo nadie se da cuenta»,
le aseguro.

Intentamos seguir con nuestra canción, pero no avanzamos nada.

Hummmm...
Hummmm...
Hummmm...
Hummmm...

«¡Tengo una idea!», salto de pronto: «La PRIMERA persona que veamos saldrá en la canción».

«Vale», dice Derek.

Esperamos... y esperaaaaaaaamos...
... hasta que llega la señora Worthington.

¡Qué madrugadores!, ¿no?

Pero como a ninguno de los dos
se nos ocurre nada
que rime con «mostacho»,
esperamos a que aparezca
alguien más.

Derek se pone a escribir cosas y a tacharlas.
Escribe... y ~~tacha~~, escribe... y ~~tacha~~,
escribe...

«¡Mira, Tom!».

Y me lee lo que ha escrito:

   «Esta mañana,

      el colegio está en calma».

Es la pura VERDAD, y promete mucho. Intento pensar los

SIGUIENTES versos... ← (cara de concentración)

Es tan TEMPRANO que no se ve ni un ~~PROFE~~

                                    ↓ ~~gato~~

                              ALMA.

Aquí SENTADOS escaparemos del E~~X~~AMEN TEDIO.

«¡QUÉ PASADA, eso lo tengo que apuntar!»,
exclama Derek.

«Ya empieza a sonar como una canción de verdad.
Quedará GENIAL», digo, y nos felicitamos chocando
los puños.

Derek lo escribe todo en el bloc. De momento,

la canción dice así: Esta mañana,

el colegio está en calma.

Es tan temprano

que no se ve ni un alma.

Aquí sentados

escaparemos del TEDIO.

(No todas las canciones riman, pero las de los

LOBOZOMBIS casi siempre sí. Por eso molan más).

«¿Qué rima con "TEDIO"?», me pregunto.

«¿"AMEDIO"? ¿"COLEDIO"?», contesta **D**erek,

pero me da que estas palabras no van a funcionar.

Escribimos el abecedario entero buscando ideas.

A B C D E F G H I J K L M N Ñ O P Q R S T U V W X Y Z

```
m   o
e   l      De pronto, un grupito de los pequeños
d   e
i   d      nos interrumpe:
o   i
    o
```

¿Eh?

Vosotros dos,
¿podéis quitaros
del MEDIO?

«¡EH, ya lo tengo!: "MEDIO" rima con "TEDIO"!», dice Derek,

y lo apunta también.

«¡HALA, es verdad!». (Somos unos genios de la canción).
 El grupito sigue esperando a que nos vayamos.

«¿No podéis sentaros en otro banco?»,

nos pregunta una niña.

 «¿Y por qué nos tenemos que IR?»,

replico, mirando el patio desierto.

«Da igual; haremos el **baile** aquí mismo».

 «¿Qué **baile**?».

«El de los **CANTAMAÑANAS**.

Podéis apuntaros, si queréis».

 «Ya veremos...», dice Derek.

Entonces se ponen a bailar y nosotros

intentamos pasar de ellos.

Pero no es fácil.

¡Somos los **CANTAMAÑANAS!** ¡VENGA, LOS BRAZOS ARRIBA!

¡Ahora agachaos y haced el charlestón! ¡El charlestón!

¡EL CUERPO BIEN RECTO! ¡Sacudid los BRAZOS A LO LOCO!

¡A SALTAR! ¡A SALTAR!

Hacen el bailecito ENTERO DOS VECES.

«¡Vosotros, a bailar también!», nos dice la niña.

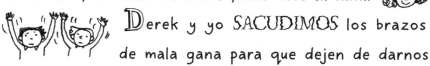 Derek y yo SACUDIMOS los brazos de mala gana para que dejen de darnos la LATA, y cuando acaban de SALTAR, cogemos las mochilas y CORREMOS a otro banco.

«¡Uf! ¡Qué corte!», dice Derek.

«¡Suerte que casi nadie nos ha visto hacer el MEMO!», añado.

«¡**O**s he visto haciendo el **MEMO**
con un grupito de pequeños!»,
se **RÍE** Marcus.

«Los que bailaban eran ellos, no **nosotros**», replico.

¡Tenía que vernos precisamente Marcus! Grrrr...

Como no tengo ganas de hablar de bailes, y menos

con él, cambio de tema rápidamente.

  «Ya tengo la **mascota** de Mark».

«¿La serpiente, el insecto palo, los escarabajos...?».

 «¿Tiene escarabajos de **mascotas**?».

(No sé de qué me sorprendo).

 «Sí, un MONTÓN. ¿Con qué
te has quedado, entonces?».

 «Con **Canica**, su hámster».

¡Soy
yo!

¡Y Marcus se echa a **REÍR**!

«Mark me contó que se pasa TODA la noche despierta, jugando en su rueda y armando MUCHO RUIDO. ¡Seguro que por eso te la ha dejado!».

Yo trato de defender a **Canica** diciendo: «No, si duerme muy bien».

(Y es la pura verdad, pero no de noche).

«Dentro de nada estarás DESEANDO haberte quedado con la serpiente», y Marcus se pone a mover el BRAZO  y a sssssilbarme.

«¡Qué plasta!», dice Derek.

¡Fsssssssssss!

De momento, este no está siendo el día que me habría gustado tener.

RELAJADO

Hoy tenemos asamblea escolar y me siento al lado de mi colega **A**rmario (que en realidad se llama Armand) porque:

1. Así nos ponemos al día.

2. Es muy **ALTO** y detrás de él nadie me verá.

3. Es algo superútil cuando estoy hecho polvo y necesito descansar la vista.

El señor **F**ullerman nos explica que hoy la señora **N**ap tiene un **ANUNCIO** muy importante para todos.

«¡Preparaos para una gran SORPRESA musical!».

Se esfuerza para que parezca algo muy emocionante.

(Creo que ya sé qué es).

Esta es mi cara →  ←
de «QUÉ EMOCIÓN».

Mientras el cole ENTERO se pregunta cuál
será la GRAN NOTICIA, la señora Nap empieza
a tocar una melodía muy alegre al piano.

«¡Hola a todos! ¡Hoy,
los alumnos de la clase de 2.º D
van a enseñarnos una manera
muy SALUDABLE y DIVERTIDA
de comenzar el DÍA! ¡Os presentamos
a los **CANTAMAÑANAS**!».

(¡Lo sabía!).

«Cada clase tendrá ocasión de crear su propia coreografía
y mostrársela a todo el colegio. Hoy es el turno de la clase
de 2.º D... ¡con la ayuda de algunos voluntarios!».

Mientras los de 2.º D se levantan, yo uso a Armario
de pantalla. ¡Que NO me vean!

Creo que estoy a salvo... — ¡Fiu!

Pero no.

¡Te elijo a ti!

A **A**rmario también lo fichan. **D**erek (que tiene suerte de no estar en mi clase) me saluda desde lejos.

¡Y Marcus también! ¡Ja! ¡Ja! (Grrrr...).

¡Los CANTAMAÑANAS!

Por suerte, todo acaba pronto.

Cuando volvemos a sentarnos, el señor Keen
(el director) nos felicita.

 «¡ASÍ SE HACE! A partir de hoy podremos
seguir el ritmo de los **CANTAMAÑANAS**
toda la semana. Y hablando de música...».

La señora Nap se pone a tocar el piano otra vez.

 Reconozco la canción: es la de «Yo quiero
tener un millón de amigos». Le hago
una SEÑA a Derek y le susurro a Armario:

 «¡Escucha esto!».

Y empiezo:  Yo quiero tener un
millón de helados...

mientras todos los demás cantan: ♪
«Yo quiero tener un millón de amigos».
Y luego REPITO:

Yo quiero tener un millón
de helados...

Unos empiezan a cantar lo mismo que yo, luego
otros..., y de pronto hay un **montón** de gente
cantando:

«Yo quiero tener un millón de helados».

¡**A**L FINAL SOLO SE OYE ESO!

El colegio  está cantando

¡Yo quiero tener un millón de HELADOS!

 ¡Es

G**E**N**I**A**L**!

Aunque a la señora **N**ap y al señor **K**een

no se lo parece tanto...

«¿No ha notado algo raro en la canción, señor Keen?».

«Ya lo creo».

El dire no parece nada contento:

«El que haya CAMBIADO la letra

de la canción, que <u>NO</u> lo vuelva a hacer.

Y sabemos <u>QUIÉN</u> ha sido».

Yo me hago el loco y miro al frente.

(No pueden saber que he sido yo,

¿verdad?).

Nadie dice nada.

Porque no hace falta.

Intento EXPLICARLE al señor Fullerman que he
cambiado la letra sin darme cuenta. «Lo siento,
me he liado y luego ya no podía quitarme
de la CABEZA la letra nueva».

Él me hace prometer que NO lo haré más.

Y, como si no tuviese un día bastante DURO,
me pregunta DÓNDE está el **RELATO DE MISTERIO**
que nos había puesto de deberes.

Me CONTENGO para no responder:

> Es un
> **MISTERIO**,

porque AÚN no lo he hecho y seguro que
me la CARGO. Mientras pienso qué decirle
al profe, él añade:

**«Venga, Tom, que ya he oído TODO TIPO
de excusas. Perros, lavadoras e incluso
ALIENÍGENAS. ¿Con QUÉ vas a salir ahora?».**

Justo en ese momento, un TREMENDO
relámpago nos da a todos...

UN SUSTO DE MUERTE.

SE OYE UN TRUENO SUPERFUERTE...

y me salvo por los pelos porque el profe se olvida

de mis deberes (de momento).

Brad grita: «¡Es el Coco!»,

y toda la clase se pone FRENÉTICA.

De repente, el granizo empieza a repicar contra

el cristal de la ventana y todos nos levantamos

a MIRAR.

«Un poco de CALMA, por favor»,

nos dice el señor Fullerman. **«YA habéis**

visto otras tormentas antes».

Como esta... NO.

Llega otro GRAN relámpago...

¡... y se va la LUZ en la clase!

«¡QUÉ **MIEDO!**», GRITA Brad,

¡y nos entra MÁS agobio todavía!

«SENTAOS, POR FAVOR. La luz volverá

enseguida», intenta calmarnos el profe.

Ahora hay un ambiente muy **TENEBROSO.**

Norman camina a tientas, como si no pudiera

ver NADA.

«¿DÓNDE están TODOS?».

De pronto, alguien se pone a imitar

a un BÚHO. Uuuuuuuh, uuuuuuuh...

«Basta de hacer el ganso, chicos. No está

tan oscuro», dice el señor Fullerman,

aguantándose la RISA.

Entonces el señor Oboe viene de la clase de al lado

y nos dice:

«Tranquilos, ha habido un

en **TODO** el colegio y también
en las calles de alrededor».

¡HALA, es lo MÁS emocionante que
ha pasado aquí desde hace mucho! (Por lo menos,
desde el día en que hubo un simulacro de incendio
y Marcus no tuvo tiempo de cambiarse la ropa
de Educación Física. ¡Eso fue **LA MONDA!**).
Aprovecho que está oscuro para cerrar los ojos
sin que nadie me vea.

Pero el descanso me dura poco.

 «Seguiremos con la clase mientras esperamos a que vuelva la luz».

(Oh, no).

«¡Pero si no se ve NADA!», replica Julia
(y es la pura verdad).

 «Os leeré uno de los MEJORES relatos de MISTERIO que habéis escrito, y solo tendréis que escuchar con atención»,
dice el señor Fullerman.

(Genial... ¡Así podré echar una cabezadita!).

¿Quién roba los pastelitos?

Por Florence Mitchell

Los **MONSTRUOS** existen de verdad.

Lo sé de buena tinta porque los he visto, sobre todo

cuando salen de noche a buscar COMIDA.

Por si no lo SABÍAS, los **MONSTRUOS** SE ESCONDEN

en los armarios y debajo de las camas.

Se quedan muy quietos hasta que te duermes,

y entonces empiezan a REVOLVER tus juguetes.

Los **MONSTRUOS** tienen hambre todo el rato

y roban toda la comida que pueden. Los pastelitos

les encantan, y aunque los escondas, siempre

acaban DETECTÁNDOLOS.

SNIFF
SNIFF

Si quieres VER un **MONSTRUO**, prueba a preparar un pastelito, y mejor si haces muchos. Déjalos en la cocina y ya VERÁS cómo el **MONSTRUO** los encuentra. Primero ACECHARÁ en un rincón oscuro hasta que te vayas. Después saldrá de su escondite para HINCHARSE a pastelitos antes de que alguien lo descubra.

Los **MONSTRUOS** tienen ojos enormes, dientes afilados, garras feroces y cuerpos peludos que los hacen bastante horripilantes.

A lo mejor te estás preguntando:

¿Por qué <u>sé</u> tantas cosas de los **MONSTRUOS**?

Porque resulta que...

¡yo soy un **MONSTRUO**!

(justo el que te roba los pastelitos).

¿Os ha gustado, chicos?

(Glups..., pues no sé...).

El relato de Florence da más **MIEDO** de lo que esperábamos, y el tintineo de las llaves de Stan (el conserje) por el pasillo nos pone los pelos de punta. Va de un lado a otro intentando arreglar cosas, pero no sirve de nada porque nuestra clase sigue igual de **TENEBROSA**.

El señor Fullerman quiere leernos otro relato. **«Este se titula "EL MISTERIO DE LA SOMBRA"»**, dice justo antes de que la puerta de la clase se abra con un **CHIRRIDO.**

Brad chilla:

 «¡Es el COCO!».

(Pero no lo es).

Es la señora Mega.

(Que no da miedo... normalmente).

Hola, señor Fullerman. Siento interrumpir la clase, pero tengo una NOTICIA. El APAGÓN nos va a obligar a CERRAR el colegio, y los alumnos tendréis que volver ANTES a casa.

¡TOMA!

(Todo el mundo se alegra, ¡y YO, el que más!).

Los que no podáis volver a casa, no os preocupéis, porque en el colegio Corbata Azul no se ha cortado la luz y podréis esperar allí. Tenemos SUERTE de que nos ayuden.

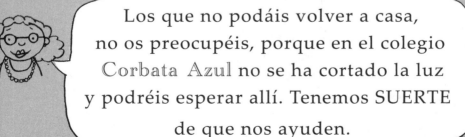

A mí seguro que no me encuentran en el Corbata Azul... (¡YO me voy a CASITA!).

El Corbata Azul está cerca de nuestro cole.

Muchas veces jugamos partidos contra ellos.

Bueno, yo no, pero si estás en el equipo de fútbol

o en el de baloncesto, entonces sí. Como casi SIEMPRE

nos ganan, ver los partidos acaba aburriendo.

También tienen una mascota oficial MUY

ELEGANTE y un HIMNO especial

para animar a su equipo.

En el Oakfield (así se llama nuestro cole)

NUNCA hemos tenido nada por el estilo,

aunque una vez que Norman jugó al fútbol contra

el Corbata Azul me inventé una cancioncilla.

Iba acompañada de GESTOS y todo:

> Aúpa, Oakfield,
> ¡qué gran equipo!
> Marcad muchos goles
> y quitaréis el hipo.
> Corbata Azul,
> ¡qué mal JUGÁIS!
> No dais pie con bola
> y al final LLORÁIS.

A mí me pareció GENIAL, pero algunos profes
no pensaron lo mismo,
como el señor Keen...  ¡Tom!
Cuando los Corbata Azul nos metieron 10 goles,
ya no tenía mucho sentido
seguir cantando, así que paré.

Oakfield	Corbata Azul
1	10

Después de esa paliza,
algunos alumnos del Consejo
Escolar dijeron que nuestro cole
debería tener su PROPIA mascota.

Al señor Keen le pareció tan bien que organizamos

¡Buena idea! un concurso para diseñar la NUEVA

MASCOTA. Participaron muchos alumnos

(yo también), y se hizo una gran exposición

en el vestíbulo con todos los dibujos.

    (El mío
no
ganó).

Tom Gates

Hubo un EMPATE entre los dos diseños más votados,
y a los del Consejo no se les OCURRIÓ otra cosa
que declarar ganadores a los DOS.

Para rematar la jugada, recortaron los dibujos por la mitad y los PEGARON para crear una mascota NUEVA, tirando a RARITA.

 +  =

Una de las familias se ofreció a COSER el muñeco, y cuando estuvo acabado, los del Consejo Escolar quisieron hacerle una GRAN PRESENTACIÓN. La mascota ganadora estaba tapada con una sábana y, cuando la DESTAPARON...

La mascota se llama... (esperad y veréis).

TODOS nos quedamos **A CUADROS**... ¡Y estalló
un coro de CARCAJADAS, porque nadie
se esperaba que la mascota tuviera esa PINTA!

¡Ja! ¡Ja!

Cosa Alada
Con Alien

¡Ja! ¡Ja!

¡JA! ¡JA!

¡JA!

¡Ja!
¡Ja!

¡Ja! ¡Ja!

Los chicos del Consejo Escolar anunciaron:
«¡Se llama Cosa Alada Con Alien!».
Pero el señor Keen se fijó en la palabra
que formaban las iniciales y sugirió llamarla OAKY.
(Y hubo que conformarse, claro). Pero lo mejor
de todo es que con OAKY hemos ganado MUCHOS
más partidos, INCLUSO contra el Corbata Azul.
Norman dice que nuestros rivales
se desconcentran cuando ENSEÑAMOS
esa mascota tan RARA.

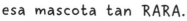

¿Eh?

Me alegro mucho de no tener que ir al Corbata Azul. Va a ser más ☆DÍVER☆ observar a **Canica** (si no está dormida).

El personal del cole hace un MONTÓN de LLAMADAS para ver quién puede volver a casa y quién no.

Le han dado una LISTA al señor Fullerman, y ya estoy recogiendo mis cosas cuando le oigo decir:

TOM GATES, al Corbata Azul.

«¿Quééé? ¡TIENE que ser un ERROR!

Mi padre está en casa», replico enseguida.

«Lo siento, Tom. Aquí dice que te irán a buscar al Corbata Azul».

¡NO puede SER!

¡Ja! ¡Ja!

AMY me ve tan AGOBIADO que me pregunta si prefiero ir a SU casa.

Tengo que decidirme muy RÁPIDO.

Así que contesto:

«SÍ, POR FAVOR. Sería genial. GRACIAS, **AMY**».

«Muy bien, Tom. La señora Mega lo consultará con tus padres», dice el señor Fullerman, y me quedo más tranquilo. Ahora solo tengo que esperar a que me den permiso.

He estado una vez nada más en casa de **AMY**, cuando invitó a **TODA** la clase a su cumpleaños. Jugamos a poner la cola al burro, pero yo fallaba todo el rato y no paraba de reventar globos.

AMY dice que no le importa esperarme, y el plasta de Marcus no para de repetir: «¡Yo puedo irme a mi CASA, ja, ja!».

Para matar el tiempo y no pensar en la posibilidad de que me OBLIGUEN a ir al Corbata Azul, hago uno de mis garabatos.

(Da un poco de miedito porque no puedo quitarme de la CABEZA el relato de Florence).

¡BUENA NOTICIA! Marcus se ha ido

a su casa y me ha dejado tranquilo (por FIN).

Entonces el señor **F**ullerman me dice:

«Tom, puedes irte a casa de AMY. Hemos hablado con tu madre y dice que tu padre irá a buscarte luego allí».

¡GENIAL!

No sé por qué papá NO está en casa, pero ahora no es tan grave. **AMY** me espera mientras recojo mis cosas.

«¡VAMOS!», digo muy animado, y de pronto llegan Florence e Indrani.

«Nosotras también estamos LISTAS», dicen. (Eso no me lo esperaba).

«Vale, iremos todos juntos a mi casa», dice **AMY**.

«¿TODOS JUNTOS?». (No sabía que Florence e Indrani también venían).

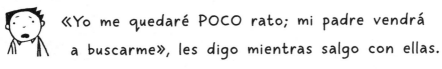

«Yo me quedaré POCO rato; mi padre vendrá a buscarme», les digo mientras salgo con ellas.

Stan (el conserje) nos acompaña para que lleguemos a la salida sin problemas. «Id con cuidado, está OSCURO y apenas se ve».

Entorno los ojos para ver mejor a oscuras cuando, de pronto, Norman se choca **CONMIGO**. (Típico).

¡Uuups!

Aprovecho para contarle que vamos a grabar un vídeo de los **LOBOZOMBIS**.

«¡GENIAL! ¡Contad conmigo!», dice.

Pero yo sé que tendré que recordárselo.

(Fijo que se le olvida).

Las tres chicas no paran de charlar mientras vamos a casa de **AMY**.

En vez de tener una conversación normal sobre GALLETAS y cosas así, HABLAN de los deberes y de CUÁNDO los harán.

(Qué raras son).

bla

bla

bla

Cuando llegamos a casa de **AMY**, su madre
me dice de buenas a primeras:

«Hola, Tom. La última vez que te vi fue en la
COSTA DE LOS PINARES. ¿Te lo pasaste bien?».
Y me vienen a la memoria algunas cosas
que nos pasaron allí.*

 «Hummmm..., supongo». Y entonces les cuento
que papá me hizo COLARME por una ventana
en nuestro bungaló. «En realidad NO era el nuestro,
pero nos pasamos CASI UNA SEMANA **ENTERA** allí»,
les explico.

Todas parecen muy extrañadas.

(Lo mismo he hablado un poco más de la cuenta...).

Entonces Florence pregunta: «¿Quién se apunta

a bailar con los **CANTAMAÑANAS**

esta semana?».

---

*Encontrarás todos los detalles en el número 10 de la colección.

Indrani **ME** mira y dice:

«Tom, tú ya te sabes el baile.

¿Nos lo ENSEÑAS?».

(No me ENTUSIASMA la idea).

Florence se pone a SACUDIR los brazos. — ¡Ja! ¡Ja!

«¿Es ASÍ?».

Yo hago como que no me acuerdo.

(Empiezo a pensar que debería haber ido

al Corbata Azul).

Me SALVA la madre de **AMY**, que aparece

con una bandeja de sándwiches.

«¿Quién tiene HAMBRE?», pregunta.

«¡YO!»,

grito de golpe.

Después me calmo un poco y añado: «POR FAVOR».

La madre de **AMY** deja

la bandeja y nos dice:

«¡SERVÍOS!».

Enseguida cojo un sándwich...

¡PERO ES DE ATÚN!

Y el ATÚN me da ASCO.

Sin querer, abro la boca

y me pongo a TOSER.

Lo rocío todo de migas de sándwich y las chicas exclaman:

«¡PUAAAAAAjjjjj, TOM!».

¡Tierra,
trágame!

Trato de recoger los trocitos de sándwich a medio

masticar que he esparcido por la mesa y el suelo.

«Lo siento, es que me he atragantado»,

intento explicar.

La madre de AMY me pregunta

si estoy bien y si quiero un vaso de agua.

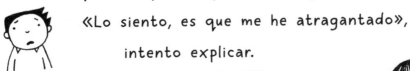

«No, gracias. Ya no tengo más hambre». Es una excusa de pena, pero no se me ocurre otra para librarme de los SÁNDWICHES DE ATÚN.

«Tienes migas en el pelo», le dice AMY a Florence, y yo vuelvo a pedir (perdón.)

AMY, Florence e Indrani siguen comiendo mientras yo me quedo sin hacer nada, muy cortado.

«¿SEGURO que no quieres nada más, Tom?», me pregunta la madre de AMY.

«Seguro, gracias. No puedo comer nada más, de verdad. Es que ya no tengo más hambre. No se preocupe por mí. No me apetece nada, pero NADA DE NADA. No me cabe nada más, en serio». (Creo que lo he dejado muy claro).

Después de repetir TANTAS veces que NO quiero NADA más, ya no me puedo echar atrás cuando la madre de AMY aparece con...

Hay que fastidiarse...

TARTA...

«¿Estás SEGURO de que no quieres tarta?»,

me pregunta AMY.

«No..., no quiero nada, gracias», contesto

con un hilito de voz. Y me quedo sentado mirando

cómo las chicas comen **TARTA**.

Empiezan a RUGIRME las tripas y,

para disimular,

me pongo

a tararear.

La, la, la...

rrr

rrr

«¿Estás tarareando?», me pregunta AMY entre

bocado y bocado de tarta.

«Sí, no te preocupes por mí; mi padre vendrá

a buscarme enseguida». (¡Eso espero!).

Empiezo a tararear un tema de los **LOBOZOMBIS**.

Las chicas se quedan mirándome.

«Es una de las canciones del grupo. Sabéis que estoy en un grupo que se llama **LOBOZOMBIS**, ¿verdad?», les pregunto.

«Sí, Tom, lo sabemos», responde **AMY**.

«Estamos preparando **MUCHAS** canciones nuevas. Un día seremos el **MEJOR** GRUPO del mundo», les digo muy entusiasmado (para no pensar en la tarta).

«¿Y cómo vais a conseguir eso?», me pregunta Florence.

«Tenemos un PLAN».

Espero que no me pregunten cuál es ese PLAN, porque ya lo he olvidado.

«¿Y cuál es ese PLAN?», me pregunta Indrani.

«Debe de ser buenísimo», añade Florence.

(¿Por qué habré abierto la boca?).

104

Cuando el timbre suena de pronto, me pongo MUY contento.

«VAYA..., qué pena. Ya os lo cuento otro día». (Fiu).

Papá ha llegado, y está hablando con la madre de AMY (que, por lo que oigo, se llama Brenda).

«Vengo de la RESIDENCIA DE ANCIANOS VIDA NUEVA, Brenda. Mis padres estaban allí visitando a unos amigos, ha habido un APAGÓN y me han llamado para pedirme ayuda. Nadie ha podido comer CALIENTE, ¡y Vera no podía sacar la cabeza del secador de pelo!».

¡Socorro!

«¡Menuda AVENTURA!».

«Pues sí... Lo peor es que me he dejado el MÓVIL en casa y no podía contestar las llamadas del colegio ni de Rita, mi mujer. ¡Pero por fin estoy aquí!», explica papá, y entonces FICHA la tarta de chocolate.

«Aunque, con esa TARTA, ¡seguro que Tom no me ha echado nada de menos!».

ding dong

«Pues no ha querido probarla, ¿a que no, Tom?», dice **AMY**.

Papá pone los ojos **COMO PLATOS**, igual que un **DIBUJO ANIMADO**. (Se PASA tres pueblos...).

«¿De VERDAD no has comido TARTA? ¿Te encuentras bien, Tom?».

«¡Papá!», protesto.

Ojalá se <u>callara</u> para que pudiésemos irnos de una vez, pero no para de charlar. Ahora está hablando de las vacaciones, de lo que comimos cada día, del MAL tiempo que nos hizo...

Y yo pienso:

> Que no diga nada de la BOLSA DE BASURA, por favor...

«La madre de Tom le hizo una CAPA DE LLUVIA con una BOLSA DE BASURA. Daba el pego, ¿verdad, Tom?».

«No les interesa, papá. Tenemos que irnos», suspiro.

«A mí sí me interesa... ¿EN SERIO te pusiste una bolsa de basura? ¿Y funcionó?», quiere saber Florence.

«¿Y cómo era?», añade Indrani.

«Yo la vi. Era una bolsa negra que le servía de capa, ¡y hasta tenía CAPUCHA!».

(No me acordaba de que AMY me había visto con esas pintas. Bufff...).

«Tengo que ir a darle de comer a **Canica**», improviso, preparándome para salir.

«¿Y qué se dice, Tom?», pregunta papá.

«Que nos vamos YA», contesto.

Papá me mira mal: «¿Y esos modales?».

Gracias por todo. Y perdón... por lo del sándwich.

(Solo quiero irme a casa de una vez).

De camino, le cuento a papá el PROBLEMA con los sándwiches de atún.

«¡No deberías ser tan TIQUISMIQUIS!», se RÍE él. Parece de muy buen humor, a pesar del apagón y todo eso. Yo no me RÍO, porque me he quedado sin TARTA.

«Decir que no a esa tarta habrá sido DURO».

«MUY duro».

¡Ya vienen!

Lo primero que hago al llegar a casa es comprobar que **Canica** está bien. Sigue durmiendo tan TRANQUILA, como si no hubiera habido una MEGATORMENTA.

Parece que ni se ha movido.

zzzzzzzzzzzzzz

Espero que no esté acumulando energías para esta noche...

Ya que **Canica** ni se mueve, podría ponerme con el **RELATO DE MISTERIO**. El profe se quedaría [MUY] impresionado si mañana llevo los deberes hechos. El problema es que no se me ocurre NADA. Tengo la mente en blanco... Igual podría escribir algo sobre **Canica**. O...

Podría dibujar un poco. Estoy tan cansado que, aunque **Canica** se despierte y se ponga a hacer RUIDO, hoy voy a dormir como un tronco.

Pues va a ser que no.

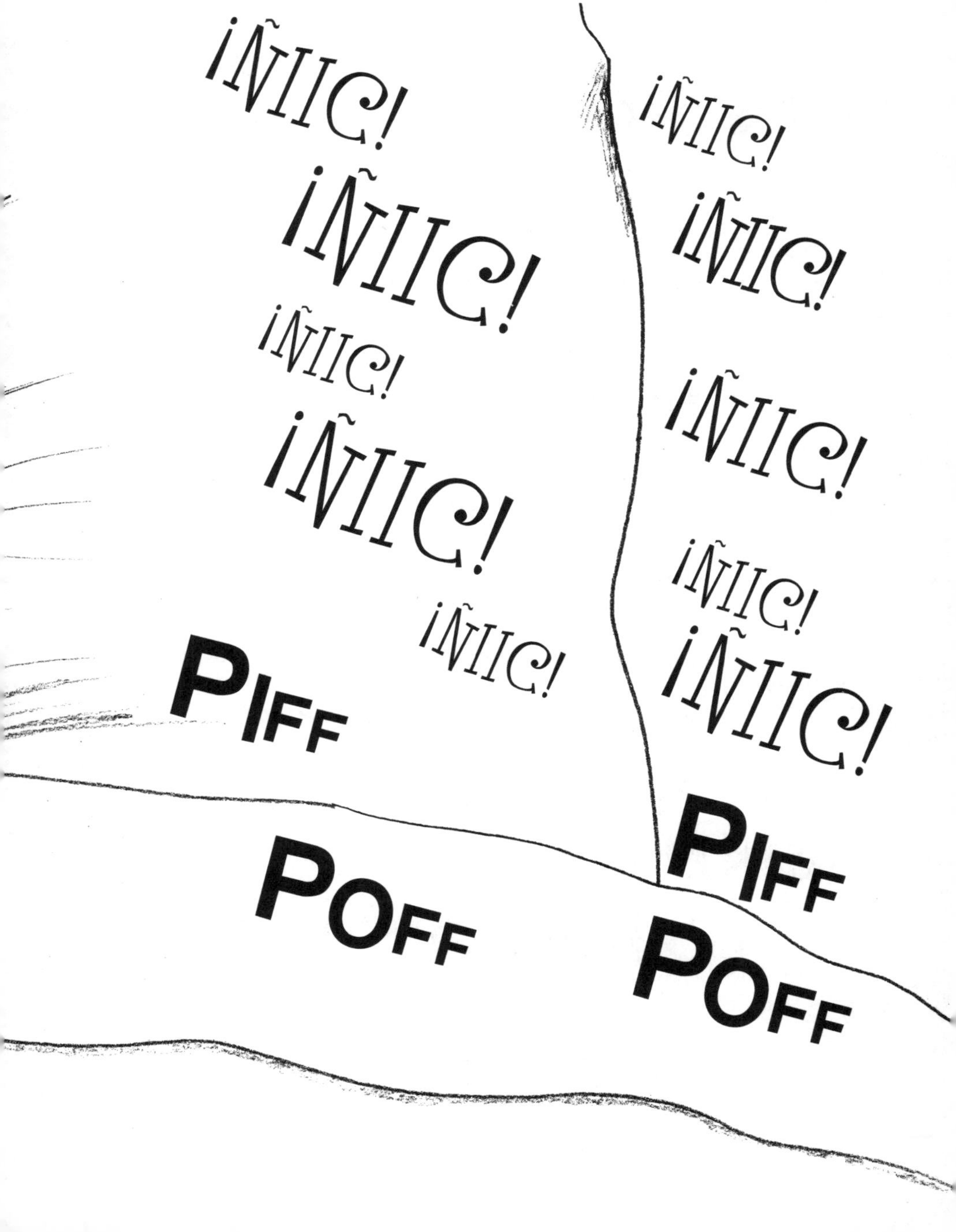
¡ÑIIC!
¡ÑIIC!
¡ÑIIC!
¡ÑIIC!
¡ÑIIC!
PIFF
POFF
¡ÑIIC!
¡ÑIIC!
¡ÑIIC!
¡ÑIIC!
¡ÑIIC!
PIFF
POFF

 Después de otra nochecita sin pegar ojo por culpa de **Canica**, estoy tan hecho polvo que no sé ni lo que hago, y me lavo los dientes antes de desayunar. No quiero que mis padres sepan (y Delia menos aún) que **Canica**

no me deja dormir, y que cuidarla es MUCHO más difícil de lo que esperaba.

Practico delante del espejo la cara de «NO TENGO NI PIZCA DE SUEÑO». →

Me sale regular.

 «¡Buenos días! ¿Estás BIEN?», me pregunta mamá.

«Sí, gracias, estoy FENOMENAL.

¡MIRA LO BIEN QUE ESTOY!».

«De eso nada. Estás **MUY RARO**», dice Delia.

Y papá: «Y **Canica**, ¿cómo anda?
¡En su jaula, espero!».

«¡Pues claro! Hace cosas SUPERGRACIOSAS.
¡Es **GENIAL**!
¡ME ENCANTA tener una **mascota**!».

«Pues aprovecha, porque NO
va a quedarse», replica Delia.

Yo no le hago caso y voy metiendo
el pan en la tostadora.

«Esta noche me ha parecido oír cómo
CHIRRIABA la rueda de **Canica**»,
dice papá, y yo me quedo callado.
«Sonaba muy fuerte. Me extraña
que no te haya despertado, Tom», añade.

«Pues yo no he oído nada», digo mientras
la tostada salta y le unto mantequilla.

Papá sube a ver cómo está **Canica**.
(¡Qué ALIVIO! 😊). Apoyo la cabeza en la mano
y me como la tostada muy despacito. El movimiento
al masticar me da un poco de

SUEÑO...

Mamá empieza a hablar de cosas de la familia
y entonces sí que desconecto. Cierro los ojos
un segundito y se me cae la cabeza encima
de la tostada.

¿Eh?

Me la como igual, claro.

 Delia me mira y exclama:

«¡Qué ASCO!». Y al momento

suelta un ENORME ESTORNUDO.

«Eso SÍ que da ASCO», le digo mientras

se va a buscar un pañuelo. Por suerte, papá y mamá

no han visto cómo se me caía la cabeza, y ahora

están hablando de trabajo. Papá está contento porque

 tiene un NUEVO ENCARGO.

«Diseñaré los carteles y la carátula

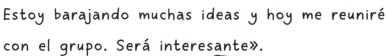

del nuevo disco de los **PLASTIC CUP**. ⟶

Estoy barajando muchas ideas y hoy me reuniré

con el grupo. Será interesante».

«Sí, interesantísimo...», se RÍE mamá.

Esta conversación sobre música me recuerda que

necesitamos un PLAN para el vídeo de los

LOBOZOMBIS. Hoy tengo que hablar con

Norman y Derek en el cole, pero ahora mismo...

... me imagino que los **LOBOZOMBIS**

SOMOS el MEJOR GRUPO del

MUNDO

ENTERO,

y que en los conciertos y ensayos nos traen todos los APERITIVOS que pedimos. Como estos.

Estoy tan distraído
pensando en el grupo
que, cuando papá
se ofrece a llevarme
al cole en coche,
no le oigo.

(Al principio).

 «¡**TOM!** ¿Quieres que te lleve al cole? Aunque llegarás un poco temprano, porque tengo que salir AHORA».

Me gusta la idea, sobre todo porque estoy muy cansado y en el COCHE se va muy a gustito.

PERO entonces me acuerdo de los **CANTAMAÑANAS**.

Hummm..., prefiero no volver a encontrármelos.

«No hace falta, papá, iré a pie con Derek», le digo. (Es mejor así).

Decidimos ir todo el rato sin pisar los bordes de las baldosas, y como así avanzamos a paso de TORTUGA, Norman nos pilla enseguida y hablamos del vídeo de los **LOBOZOMBIS**.

«Podemos usar la cámara del móvil de mi padre», propongo.

«¡Va a salir GENIAL!», exclama Norman.

Los días siguientes hablamos MUCHO de nuestro PLAN para el vídeo musical. Tenemos que decidir un montón de cosas importantes, como:

Comida familiar con los primos

Después del 'desastre' con el vídeo musical, estaba convencido de que las cosas no podían empeorar..., hasta que **Canica** me despierta OTRA VEZ cuando empieza a girar a toda pastilla en su rueda y la hace CHIRRIAR. ÑIIIC ÑIIIC

Me pongo las gafas de sol de Delia y un gorro de lana para aislarme

del ruido. Ayuda un poco, pero muy cómodo no es.

PIFF POFF PIFF POFF PIFF

Al final decido levantarme temprano, aunque sea domingo.

Hoy iremos a comer a casa de los primos, lo que no es precisamente un planazo...

Ahora que estoy despierto (es un decir), **Canica** va

y se duerme. Me visto y bajo a la cocina.

Papá y mamá ya se han levantado. Él coge

las llaves para salir y ella le pregunta:

«¿Adónde vas tan temprano, Frank?».

Papá le enseña el móvil.

«Ha tenido un accidente.

Voy a ver si me lo arreglan».

(Yo me quedo callado).

«No olvides que hemos quedado para COMER.

No vuelvas tarde. Tenemos que hacer un ESFUERZO»,

le dice mamá.

«Comerme las patatas asadas

de Kevin siempre es un ESFUERZO»,

BROMEA papá, fingiendo que muerde algo

muy DURO.

Mamá no se ríe, pero a mí sí que me hace GRACIA. ¡Ja! ¡Ja! Entonces aparece Delia, y resulta que también quiere SALIR.

«¿Y tú adónde vas?», le pregunta mamá.

«He quedado con **Avril**».

«No te habrás olvidado de la comida familiar, ¿verdad?».

«¿Qué comida familiar?»,

salta Delia.

«¡Si te avisé hace siglos!», replica mamá, agobiada.

«¡Es broma! TRANQUI, nos vemos allí».
Mamá **ODIA** que le digan TRANQUI, y por eso
Delia **siempre** se lo suelta.

«¡No llegues tarde!», la avisa mamá antes de que se vaya.

Mientras desayuno, se me ocurre que podría ir
a casa de Derek para planificar otro vídeo.
Me levanto y le pregunto a mamá:
«¿Puedo ir a casa de Derek?».

 «¿Para qué?».

«Tenemos que decidir cosas importantes
sobre los 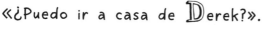», le explico.

«Vale, pasaré a buscarte al mediodía.
Pero NO PIQUES NADA, ¡recuerda
que hemos quedado para comer!», me dice.

(¿Cómo podría olvidarme?).

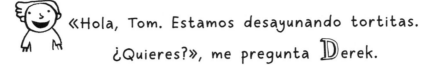

No podría haber elegido mejor momento para llegar. ☺

«Hola, Tom. Estamos desayunando tortitas. ¿Quieres?», me pregunta Derek.

«¿A TI qué te parece?». ¡Preparar un vídeo de los **LOBOZOMBIS** es algo secundario cuando hay TORTITAS en la mesa!

¡Y los padres de Derek han hecho mogollón!

¡Qué **BUENA PINTA!**
Y hasta
tienen sirope
de CHOCOLATE.

Choco sirope

La madre de Derek me dice: «¡Espero que tengas hambre, Tom!».

«**¡Ya lo CREO!**», y me sirvo TRES tortitas **enormes**. ¡Están riquísimas! Mientras todos nos hinchamos a comer, el padre de Derek nos cuenta cómo va la vuelta de los **PLASTIC CUP**.

Mmmm...
Mmmm...
Mmmm...

«No muy bien, la verdad. Han surgido algunas "diferencias musicales", pero sigo teniendo muchas ganas de ir a su concierto».

Grrr...

Derek me dice: «Nosotros nunca nos peleamos por las canciones, ¿verdad?», y yo asiento sin decir nada porque tengo la boca llena.

«Ya me he enterado de que Pollo os fastidió el vídeo», comenta la madre de Derek. «¡Fue un DESASTRE!», suspira mi amigo. (Han sacado a Pollo al jardín, a una distancia segura de las tortitas). «Cuando a papá le arreglen el móvil, podremos volver a intentarlo», digo entre bocado y bocado. «¡Genial!», exclama Derek.

Me he zampado TANTAS  que tengo que

desabrocharme el primer botón de los pantalones.

¡UUUFFF! Entonces Derek me pregunta

si quiero probar el SIROPE DE CARAMELO.

«¡Me ENCANTA EL SIROPE DE CARAMELO!»,

sonrío. Me sirvo otra tortita

Mmmm... Mmmm... y me la zampo ENTERA.

«¡Voy a REVENTAR!», resoplo.

«Yo también. Vamos a tumbarnos al sofá», propone

Derek. (Me parece perfecto).

Cuando miro el reloj, veo que ya son casi las DOCE.

Mamá llegará enseguida.

Derek y yo ni siquiera hemos hablado del VÍDEO...

Pero las tortitas estaban DE MUERTE. ☺

Mamá llega puntual, y cuando me levanto del sofá
le digo a Derek: «Ni pío sobre las tortitas».

 Vale.

La madre de Derek está hablando
con la mía en la entrada, y me pregunta:
«¿Vais a hacer algo interesante luego, Tom?».

 «Pues no», contesto.

«¡Qué dices! ¡Si tenemos una GRAN comida
familiar!».

 «¡VAYA, espero que te quede algo de hambre...!»,
se RÍE la madre de Derek.

 «¡Siempre!», contesto, con la esperanza
de que mamá no sospeche nada.
Le digo ADIÓS a Derek y añado: «Gracias por todo».
(Sin mencionar las tortitas).

Mamá me dice que me suba directamente al coche.
«¿Has picado algo, Tom?»,
quiere saber.

«Poca cosa», respondo, sin entrar en detalles.
«Tienes chocolate por toda la cara»,
dice, y me pasa un pañuelo de papel.

(Glups).

Me limpio rápidamente y me desabrocho OTRO botón
de los pantalones para estar más cómodo.
Es un alivio sentarme otra vez. ¡Estoy llenísimo!

«¿Y Delia?», pregunta papá cuando se sube
al coche.

«Nos encontraremos con ella allí».

«¿Estás segura de que va a aparecer?».

«No...», suspira mamá, y entonces me advierte: «Tom, ya sabes cómo se pone la tía Alice cuando no te comes lo que sirve en la mesa...».

«Pues ya debería estar acostumbrada», se echa a REÍR papá.

«Frank, sobre todo no sueltes nada por el estilo cuando estemos allí. Y tú, Tom, más te vale "no" haber picado más de la cuenta en casa de Derek».

(Yo no digo ni mu).

«Solo pido tener una comida agradable, para una vez que se junta la familia... ¿Tan difícil es?», nos pregunta mamá..

SÍ, contesta papá.

«¿Y no teníamos que LLEVAR algo?», añade.

 «¡Me he DEJADO la mousse! ¿POR QUÉ no me lo has recordado?», le grita mamá.

«Es lo que acabo de HACER», contesta papá,
girando con el coche para volver a casa.

Esos volantazos le están sentando fatal
a mi BARRIGA. (Y ya me he desabrochado
todos los botones del pantalón).

Paramos delante de casa y mamá entra
y sale como una *FLECHA*.
«Vamos a llegar TARDE, y ahora tu hermano
hará un comentario de los suyos por NO ser
puntuales», suspira.

«Eso seguro», dice papá.
Siempre que vamos a casa del tío Kevin
y la tía Alice, mis padres acaban repasando
una lista de temas PROHIBIDOS.

(Y hoy no es una excepción).

«**N**o digáis nada de las vacaciones ni de que nos equivocamos de bungaló», dice mamá. «¡Ni de que entraste por la ventana, Tom!», añade papá mientras da una curva.

«¡NO TAN RÁPIDO, FRANK!»,

protesta mamá, pero ya es demasiado tarde...

Le ha caído un pegote ENORME de *mousse* en la falda.   PLOF

(Lo que le faltaba).

Oh, no...   «¿Quieres volver a casa a cambiarte?», trata de ayudar papá.

«No, tú solo intenta no dar tantos ACELERONES y FRENAZOS», suspira ella.

«¿Y si paramos a comprar helado?».

«¡SÍ, sí!», grito desde el asiento de atrás. (Aunque esté **llenísimo**, siempre puedo hacerle sitio a un poco de helado).

«Yo solo quiero llegar de una vez», dice mamá.

(Eso va a ser que nada de helado).

«Ya estáis aquí… ¡POR FIN!»,
dice la tía Alice cuando
nos abre la puerta.
«Sí, sentimos llegar tarde»,
se disculpa mamá.
«No te preocupes. Delia
y su AMIGA ya están aquí».

«Delia ha llegado PRONTO… ¿con **Avril**?»,
pregunta mamá.

(¡**Avril** otra vez, no!).

«Sí. Por suerte, tenemos comida de sobra», dice la tía.

(Tampoco es que yo tenga mucha hambre). Entramos
y mamá cuenta cómo se ha manchado el vestido.

«Siento lo de la *mousse. *Es por cómo conduce Frank».

«Conducir nunca ha sido lo tuyo, ¿verdad, Frank?»,
es lo primero que dice el tío Kevin.

«Yo también me alegro de verte, Kevin.
Te queda muy bien el delantal».

Papá sonríe y lo sigue a la cocina.

El tío Kevin mira la *mousse* que ha traído mamá.

«No tendrías que haberte MOLESTADO, Rita. Ya teníamos un pudin de chocolate delicioso para todos».

«Pero aun así la he hecho y aquí está», suspira mamá. Entonces el tío Kevin me ALBOROTA el pelo. (Me da un poco de rabia, pero no digo nada). Los primos nos están mirando y les digo «hola». Para mí que han crecido desde la última vez que los vi, porque ahora me veo más PEQUEÑO a su lado.

Lo primero que me dicen es: «Ven, Tom, que queremos enseñarte una cosa».

Mis primos siempre me gastan BROMAS, y por eso no me esperaba *nada* encontrarme con...

... un bol ENORME de gominolas.

(Aunque **todavía** no me fío).

Seguro que saben fatal. ⭕ que las han lamido. 😖

Porsiaca, digo: «¡Ñam, **gominolas**! Empezad

VOSOTROS» 😃, para que coman ellos primero.

«Si insistes...». Los gemelos cogen un buen puñado

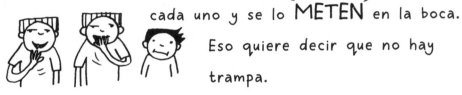

cada uno y se lo METEN en la boca.

Eso quiere decir que no hay

trampa.

Me como unas cuantas y me meto algunas más

en el bolsillo, para luego. Aún tengo los botones

del pantalón desabrochados, y ahora se me cae

por el PESO de tantas **gominolas**.

Tendré que comérmelas todas, ¡qué remedio!

Mamá me pilla masticando.

«Espero que eso no te quite el hambre, Tom».

«Hummmmm, no», murmuro con la boca LLENA.

Vamos todos a la cocina y papá les pregunta a los primos: «¿Qué tal va vuestro grupo de rock, chicos?».

«Ya no es nuestro grupo. Ahora es el de papá».

«¿Os lo ha quitado? ¡Eso no es nada típico de él!», se BURLA papá.

El tío Kevin deja de cortar el pollo para decir: 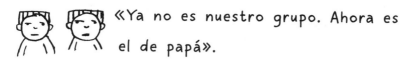 «UN MOMENTO..., ¡que no ha sido así! ¡YO os lo EXPLICO!».

(Los primos suspiran).

«Los chicos abandonaron la idea del grupo, y a otros padres y a mí se nos ocurrió que sería DIVERTIDO seguir adelante. Pero no esperéis que demos CONCIERTOS ni nada de eso», se RÍE.

¡Ja! ¡Ja!

«Pero si dijiste que QUERÍAIS

dar un concierto, papá»,

le SUELTAN los primos.

«Ah, ¿sí? Pues no lo recuerdo... Además,

¿quién querría venir a vernos?».

«¡YO!», salto.

«¡Y yo!», dice papá, guiñándome un ojo.

«Bah, si tocan unas canciones que no

valen NADA», nos avisan los primos,

y empezamos un GRAN debate sobre las canciones

que VALEN y las que NO.

¿Quiénes son los Beatles? ¿Es broma? Es broma. Beyoncé. ¡Elvis es el rey!

Si la tía Alice no viene a decirnos que

la abuela Mavis y el abuelo Bob han llegado,

jamás habríamos PARADO.

La tía nos dice que nos sirvamos nosotros mismos.

¡Ya estamos aquí!

PERFECTO, porque no tengo mucha hambre. Probaré el típico truco de ESPARCIR comida por el plato para que parezca que está LLENO. (Y nadie sospechará que antes me he zampado ~~2 3 4~~ unas cuantas tortitas con un ~~poco~~ MONTÓN de sirope de caramelo y de chocolate. Y unas gominolas).

Hala, misión cumplida.

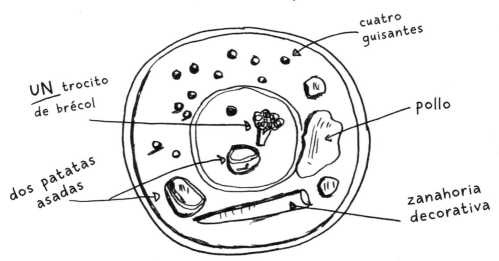

cuatro guisantes

UN trocito de brécol

pollo

dos patatas asadas

zanahoria decorativa

 **LOS FÓSILES** nos cuentan lo que pasó en la

RESIDENCIA DE ANCIANOS VIDA NUEVA

después del **APAGÓN**.

«Les hemos llevado unos macarrones con tomate y uvas

porque se les averiaron

los hornos por culpa del corte de luz».

«¡Y la carretera estaba llena de charcos!»,

añade el abuelo.

«Había preparado esos macarrones para comérnoslos

aquí hoy, pero ellos los necesitaban más

que nosotros».

 ¡Por suerte!,　　susurran los primos.

　　　　　　　　　　«Los rulos calientes

　　de la pobre Vera tampoco funcionan

y ahora tiene el pelo tan **APLASTADO**

como una (tortita)».

La palabra «tortita» me

recuerda lo **llenísimo** que sigo.

Vera antes
del apagón.

Vera después
del apagón.

Nadie se ha fijado en la comida e s p a r c i d a por mi plato. Parece que voy a poder escaquearme... hasta que el tío Kevin va y me suelta:

«¡Qué plato más VACÍO, Tom! Aquí tienes más pollo y patatas asadas».

¡PLOC!

¡Y me echa un MONTÓN de comida!

Y como mamá considera que no tengo bastantes VERDURAS en el plato, me añade más. Ahora sí que NO sé cómo me lo voy a acabar TODO.

Ufff...

Delia y **Avril** se sientan con sus platos, y solo se han servido verduras. (¡Ya se podían haber quedado con las mías!).

«¿No queréis pollo con las verduras?», les pregunta el tío.

 «No, gracias. Las dos somos VEGETARIANAS».

«¿Y eso desde CUÁNDO?», les pregunta mamá con cara de **sorpresa**.

 «Desde esta mañana. Pero llevábamos mucho tiempo pensándolo», contesta Delia mientras **Avril** asiente.

Ahora que todos nos hemos sentado a la mesa, el tío **K**evin golpea su vaso con una cucharilla: «Antes de empezar, quiero decir UNAS PALABRAS».

«¿CUÁNTAS palabras? ¡Aquí todos tenemos hambre!», salta papá. (¡Eh, no todos!).

El tío no le hace ni caso y comienza su DISCURSO. Nos da las gracias por venir y comenta la buena pinta de la comida.

Mientras sigue con su `charla`, me aflojo un poco
más los pantalones para hacerle sitio al BANQUETE.

Ufff...

Pero entonces el tío Kevin dice:

«Propongo un brindis por la FAMILIA...

Ah, y también por los amigos como Avril».

Todos se ponen DE PIE para hacer CHINCHÍN,
y cuando yo también me levanto,
se me empiezan a caer

los pantalones...

Si los primos no hubiesen GRITADO:

 «¡MIRAD LOS PANTALONES
DE TOM!», nadie se habría enterado.

Rápidamente finjo que se me ha caído un tenedor
y me escondo debajo de la mesa.

«Nada... Es que se me ha caído un TENEDOR», contesto, abrochándome los pantalones. Los primos siguen RIÉNDOSE cuando vuelvo a sentarme.

«¿Quieres un tenedor limpio, Tom?», me pregunta la tía **A**lice. **«¿Podéis traer un tenedor?»**, les pide a los primos.

Y los muy GRACIOSOS me traen uno pequeñito, de esos de BEBÉ. «Es el único que hemos encontrado», dicen. (¡Y yo voy y me lo creo!). Pero no me quejo, porque con ese minitenedor podré comer más despacio.

Mientras pincho los guisantes uno a uno, oigo cómo el tío **K**evin intenta mantener una conversación con **Avril**. (¡Eso sí que es tener moral!).

«Dime, Avril,
¿a qué te dedicas?».
«A comer».
«Ya, pero...
¿estudias?».

«Sí».

«¿Y lo que estudias es interesante?».
«A veces».

«Pero... ¿tienes alguna asignatura PREFERIDA?».
«No».

(Y así todo el rato... ¡Ja! ¡Ja!).

Los primos también le hacen preguntas a Delia,

y tengo que reconocer que sus respuestas molan.

«¿Por qué siempre llevas gafas de sol?».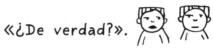

 «Para protegerme los ojos de niñatos

como VOSOTROS».

«¿Cuál es tu color favorito?».

«El ROSA».

«¿De verdad?».

«¿Vosotros qué creéis?».

«Que no».

 «Uauuu, qué espabilados».

Otros temas que surgen durante la **COMIDA FAMILIAR** son:

Grupos favoritos

DUDE 3 Y PUNTO.

DUDE 3 y Nirvana.

¡Oooh, me encantan!

¿En serio?

Grupos ANTIGUOS

Nadie supera a los Status Quo.

¡Claro que sí! Los Beatles...

¡Qué riffs!

Sobrevalorados...

¡Los **PLASTIC CUP**! ¡Han vuelto a unirse y yo haré los DISEÑOS de su nuevo ÁLBUM!

Los Beatles ya no le gustan a nadie.

¡A mí!

Ya lo sabemos, Frank.

Vídeos musicales

Letras cambiadas

¡Uy, sí!

«Thriller».

En vez de «Cumpleaños feliz, cumpleaños feliz...», de pequeña yo cantaba: «Cumpleaños feliz, tócate la nariz...».

Aprovecho la conversación de las «letras cambiadas» para contar lo que hice en la asamblea.

En vez de «YO QUIERO TENER UN MILLÓN DE AMIGOS», canté «YO QUIERO TENER UN MILLÓN DE HELADOS».

(Los primos se ríen, pero mamá no).

Y NO me castigaron, ¿eh?

El abuelo VUELVE a los vídeos musicales o, como él los llama, los  VIDEOCLICS.

Me encantaría grabar uno. ¡Podría hacer música con CUCHARAS!

CLIC
CLIC
CLIC

Entonces nos hace una demostración de su arte con las cucharas (y nos quedamos impresionados, la verdad). Delia le dice que no es DIFÍCIL grabar un vídeo. «En internet hay UN MONTÓN en los que sale 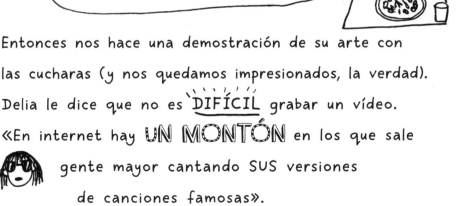 gente mayor cantando SUS versiones de canciones famosas».

(No tenía ni idea).

La abuela parece interesada. (¡Qué divertido!)

Y los primos nos hablan de un vídeo que han visto:

 «Son unos abuelos cantando y bailando el "Waka Waka" de Shakira... ¡Y TODOS tienen como 150 AÑOS!».

 «¡Más jóvenes que nosotros!», bromea el abuelo, guiñándole un ojo a la abuela.

«¿No EXAGERAS un poco?», comenta el tío Kevin.

«¡Nunca es tarde para TRIUNFAR!», SONRÍE papá.

A la abuela le ha gustado MUCHO la idea del vídeo, ¡pero no TANTO como al abuelo!

(¡Tenemos que grabar un *videoclic*!)

¡Qué buena idea! En la residencia VIDA NUEVA hay un recién llegado que tiene MUY buena voz. Dicen que en su ÉPOCA era una GRAN ESTRELLA del *country*.

«¿**Y** cómo se llama ese nuevo residente?»,

pregunta mamá.

No habla mucho, pero creo que

su nombre es Ted. ¡Su grupo se llamaba
Ted Twinings y las Gallettes!

 «¡Conozco ese grupo! Qué nombre tan bueno,

¿verdad?», dice papá.

¡**COMO** el de los **LOBOZOMBIS**!
¡Y también hemos grabado un vídeo!,

salto yo.

 ¡Qué bien! ¿Nos lo enseñas?, pregunta la abuela.

 «Es que fue un desastre. Vamos a tener que hacer

OTRO..., si papá vuelve a dejarme su móvil».

 «¡Solo si controláis a Pollo!», dice papá.

«¿Qué ha pasado con el móvil?», pregunta la abuela.

Y les cuento a TODOS la historia del

VÍDEO MUSICAL DESASTROSO...

Para presentar el vídeo hice un cartel ESPECTACULAR.

(Por cierto, la canción se titula «LOS LOBOZOMBIS
SON GENIALES»).

EL VÍDEO DE LOS LOBOZOMBIS

(Cómo se hizo)

Un día, Derek, Norman y yo quedamos en mi casa después del cole para grabar el vídeo de la canción «Los LOBOZOMBIS SON GENIALES».

Papá nos dejó su móvil para grabarlo.

«Pero cuídalo, ¿eh?», me dijo.

«TÚ TRANQUILO», le contesté.

Pollo vino a hacernos compañía. Le dejamos quedarse porque nos pareció buena idea que 'SALIESE' en el vídeo (ya que él es un PERRO y nosotros somos sus parientes LOBOZOMBIS).

Tardamos un buen rato en decidir dónde grabaríamos, y al final elegimos el jardín. Después de ensayar algunas POSTURAS DE ESTRELLAS DEL ROCK, estábamos listos para empezar.

Norman dando botes.

Nos turnamos para grabarnos los unos a los otros cantando y tocando la canción. Y para salir juntos en el mismo PLANO mientras cantábamos el ESTRIBILLO de «LOS LOBOZOMBIS SON GENIALES», colocamos el móvil sobre el muro del jardín.

piedra

Pollo estaba como una moto y no paraba de aparecer y desaparecer en el vídeo. PERO conseguimos grabarlo ENTERO. Después de una última foto, dejé el móvil un segundo para celebrarlo con un ¡chócala!

Y ENTONCES fue cuando Pollo decidió seguir grabando por su cuenta...

Agarró el móvil con la BOCA y echó a CORRER. Derek le gritó: «¡POLLO, SUELTA ESO! ¡SUÉLTALO AHORA MISMO!».

Y como Pollo es un buen perro, soltó el móvil...

¡... DENTRO DE UNA REGADERA
LLENA DE AGUA de
LLUVIA!

(y de barro,
entre otras
PRINGUES...).

El móvil
se fue derecho
al fondo.
(¡Eso no entraba
en nuestro PLAN!).

Cuando lo sacamos del agua, NO se encendía.

¡ **ADIÓS** al VÍDEO!

Tanto trabajo para nada.

¡MENUDO

DESASTRE!

(A papá tampoco le hizo ninguna gracia).

Aun así, TODAVÍA queremos grabar OTRO vídeo.

¡Pero sin Pollo!

¡Guau!

«Bueno, no todo ha sido tan tan

DESASTROSO, Tom. Esta mañana

he llevado el teléfono a arreglar y, en vez de eso,

¡me han dado otro NUEVO más MODERNO! ¡MIRA!».

Papá parece contento con su móvil nuevo.

(Menos mal).

Entonces la abuela dice:

«Vamos a organizar una velada con BINGO en

la residencia VIDA NUEVA. Así recaudaremos

fondos para los aparatos eléctricos que se estropearon

con el apagón. ¿Quieres venir a tocar con tu grupo,

Tom?».

«¿Y el NUEVO grupo de Kevin? ¡Sería su primera

actuación!», propone mamá. Esta idea me gusta

MUCHO, y los primos empiezan a animar a su padre.

¡Eso, eso!
¡Tocad!

Pero el tío Kevin

no lo ve tan claro.

Un poquito
de calma...

«También podríais pedir dinero a cambio de que NO toquen», bromea papá.

 «¡PARA QUE LO SEPAS, no somos nada malos! Pero no tenemos ni nombre aún...», replica el tío Kevin. Y enseguida empezamos a proponerle NOMBRES PARA SU GRUPO.

¡Incluso **Avril** se apunta!

 ¿Los Vejestorios?

¿Los Crisis de los Cuarenta?

 ¿Los Caducados?

¿Los Abuelos de Matusalén?

 ¿Los Nada Malos?

Sois LA MONDA...

  ¿El Grupo Robado a Nuestros Hijos?

(Me da que no va a utilizar ninguna de nuestras ideas).
La abuela nos pregunta quién se ofrece para ser el locutor del BINGO.
«Frank lo haría muy bien, ¿a que sí?», salta mamá antes de que papá pueda opinar, y él acaba diciendo:

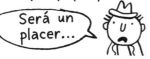 Será un placer... (Total, no le queda otra).

Lo MEJOR de toda esta CHÁCHARA es que NADIE se ha fijado en mi comida.

He picoteado un poco, pero el plato SIGUE lleno. Estoy buscando una solución cuando VEO la ventana abierta detrás de mí.

Y entonces PIENSO...

Podría *ESTIRAR* el brazo y lanzar comida por ahí...

¡Hala!

Vale la pena probarlo. Pero tendré que esperar el {momento} ADECUADO. Más que nada porque los primos se COSCAN de todo con su...

SUPERVISTA.

Ese **momento** llega antes de lo que esperaba.

Cuando el abuelo **MUERDE** una patata extracrujiente, su DENTADURA POSTIZA SALTA

y va a parar al plato de **Avril**.

Al principio ella no se da cuenta, pero cuando acaba de beber se encuentra con una gran *SORPRESA.*

¿QUÉÉ?

Los primos empiezan a REÍRSE y a decir con voz ridícula:

«¡HOLA, Avril! ¡HOLA, Avril! ¡HOLA, Avril!», como si la dentadura hablase sola.

Teniendo en cuenta que a veces parece muda, ¡**Avril** pega unos gritos BESTIALES!

¡ARRRJJJJJJJJJJJ!

La tía Alice lanza una servilleta al plato de **Avril**
para tapar la dentadura,
pero FALLA el tiro
iy la envía a la cara del tío Kevin!
Mientras, yo cojo
un buen puñado de comida
y ESTIRO el brazo hacia la ventana ABIERTA.
La lanzo rápidamente y aún
me da tiempo a tirar unos puñados
más antes de que todo se calme.
«Lo *xiento muxo*», dice el abuelo
mientras recoge su dentadura.
Delia se va a la cocina con **Avril**,
y cuando vuelve nos dice:
«**Avril** está traumatizada por lo de
la DENTADURA, así que nos vamos a casa».

La tía les ofrece un trozo de pudin para que
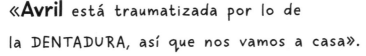 se lo lleven (algo que NO se han ganado,
creo yo).

Ya no estoy nada preocupado, porque mi plato está VACÍO (o casi). ¡Punto para mí! INCLUSO podría probar el pudin. (Me queda un poquitín de sitio...). Mis padres se llevan los platos a la cocina (incluido el MÍO) y el tío Kevin pone en la mesa una tarta muy bonita con fruta confitada y muchas cosas más, y TAMBIÉN helado para todos.

Además, mamá trae la *mousse*.

Casi me olvido, dice el tío. (Lo dudo). Mamá añade que es una PENA que Delia y **Avril** se hayan ido. «¡Más *mousse* para nosotros!», se RÍE papá, y mamá le lanza una **mirada** ⊙̣ ⊙̣ de las suyas...

Mientras la tía Alice sirve la tarta, mamá comenta:

 «No sabía que teníais GATO».

«Y no tenemos», contesta la tía.

«Entonces ¿qué hace ese gato en la ventana?», pregunta mamá.

El tío Kevin le grita ¡ZAAAPE! para echarlo, y luego se *asoma* para ver si se ha ido.

«¡Esto está lleno de GATOS!»,

exclama (y no parece muy contento). Glups.

Los primos lo EMPEORAN todo cuando se ponen a GRITAR:

«¡GATOS, GATOS, GATOS! ¡Mira cuántos GATOS, Tom!»

como si no hubieran visto un GATO en sus vidas. Y entonces me arrastran al jardín. (OJALÁ cuando salgamos se hayan ido todos los gatos...).

Pero no se han ido...

ADEMÁS, hay COMIDA (mi comida) tirada por todas
partes. Intento librarme de las PRUEBAS del delito
apartándolas con los pies, pero solo consigo EMPEORAR
las cosas. Es como una escena del CRIMEN
y me han PILLADO con las manos en la masa.

Todos me MIRAN preguntándose QUÉ ha ocurrido, y yo
intento DISIMULAR poniendo mi mejor cara de:

«¿CÓMO HA PODIDO PASAR ESTO?».

«No entiendo qué ha pasado», digo,
y **MENEO** la cabeza con la esperanza de que
nadie sospeche que ha sido

culpa **MÍA.** Inocente... (o no).

El tío Kevin nos dice que entremos en casa
mientras la tía Alice echa
a los gatos. Algo que
sería mucho más fácil...
si los primos no los acariciasen
ni les dieran de comer.

Los dejo a su bola y entro en casa tratando de [no] llamar la ATENCIÓN.

Espero que nadie sume dos y dos y averigüe cómo ha ido a parar allí toda esa comida.

Miau.

(Esto significa «gracias» en el idioma gatuno).

Después de todo este lío, decido PASAR del postre. (Va a ser lo mejor).

la *mousse* de chocolate de mamá

LOS FÓSILES nos invitan a TODOS a la velada de recaudación de fondos de la residencia VIDA NUEVA.

«¡ME ENCANTARÍA oír vuestro último éxito, Tom!», me dice la abuela.

«Gracias a mi móvil NUEVO, ¡eso está hecho! Todavía tengo la canción grabada en la tarjeta de memoria», dice papá.

Como nadie vuelve a sacar el tema de los gatos, empiezo a pensar que A LO MEJOR me libro de cargármela por haber tirado comida por la ventana. ☺

Pero en cuanto me meto en el coche para volver a casa, me quitan esa idea de la cabeza.

«A ver, TOM: ¿Por qué has tirado
la comida por la ventana?»,
me pregunta papá.

«¿QUÉÉÉ? Pueeeees...». Aunque alargo mucho
el «pueeeees», no se me ocurre ninguna excusa y acabo
confesando lo que he desayunado en casa de Derek.

«¡¿Te has zampado CUATRO tortitas?!», exclama mamá.

«Con DOS siropes diferentes. ¡Qué ricas!».

¡Ñam!

Lo más curioso es que mis padres no parecen
especialmente enfadados. Eso sí: mamá quiere que
escriba una nota para pedirles PERDÓN a los tíos.

¡Jo! ¿En serio?

¡Sí!

¡SÍ!

(Bueno, podía haber sido peor).

Cuando llegamos a casa, mamá me da papel
para escribir la NOTA de disculpa.

 «Pero antes tienes que limpiar la jaula
de **Canica**», me recuerda.

(Ahora tengo una lista enorme de cosas que hacer).
Me llevo el papel a mi habitación y limpio la jaula,
procurando que **Canica** no se ESCAPE. En todo este
tiempo, casi no la he visto moverse.

¡Yujuu!

SÚPER ROCK

Como **Canica** se ha dormido otra vez, le echo una ojeada rápida a la revista **SÚPER ROCK**, y luego empiezo a escribir la nota para los tíos. 😕

¿Qué puedo decirles? Dibujo un **MONSTRUO** pidiendo perdón, pero me da que con eso no es suficiente.

Perdón.

Así que añado
un GATO...

Perdón.

... y otro gato
con un muslo
de pollo.

(Mmmm... Mejor no).

Lo pienso un rato más y decido escribir esto...

Queridos

tíos Alice y Kevin:

No me {imaginaba} que diría esto, pero me

GUSTÓ ➡ mucho el pollo,

la comida me ENCANTÓ. ☺

Estaba de *LUJO*. Me dio

☹ PENA no poder comérmelo TODO

(perdón). Lo intenté, pero estaba LLENÍSIMO.

Besos,

Tom

P.D.: Los gatos sí
que tenían hambre...
Lo siento.

Entonces se me ocurre una idea GENIAL: incluir una CADENA DE PAPEL muy especial dentro del sobre. (No hay mejor manera de pedir perdón que con una cadena de **MONSTRUOS** de papel).*

Como me han sobrado muchas hojas, cojo algunas y las RECORTO para dibujar los monstruos.

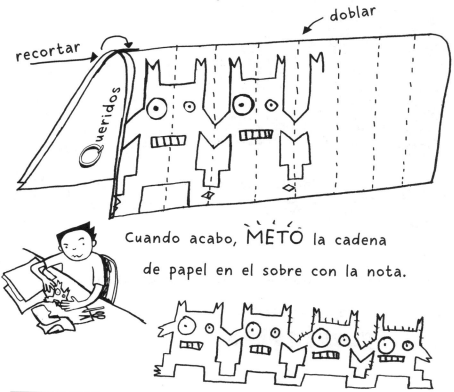

Cuando acabo, MĚTÓ la cadena de papel en el sobre con la nota.

*Aprende a hacer una cadena de monstruos de papel en las páginas 226-227.

Mamá ya ha puesto la dirección y el sello
en el sobre, así que lo cierro y se lo devuelvo.

Ahora parece muy contenta conmigo.

INCLUSO limpio mi mesa y TIRO todos los trocitos
de papel a la papelera.

AHORA SOY OFICIALMENTE EL

MEJOR HIJO

de TODA la FAMILIA.

Tampoco es que sea muy difícil.

¿Verdad?

Además, cuando me quito la ropa para irme
a dormir, ¡descubro que aún me quedan
algunas **gominolas** en el bolsillo!

¡Vivaaaa!

Esa sorpresa  me pone de MUY buen humor.

Me he ido a la cama un poco más temprano, pero no me importa.

Así dormiré MÁS,

que me hace MUCHA falta.

Zzzzzzzzzz   ZzzzZzzzzzZzzzzzzzz

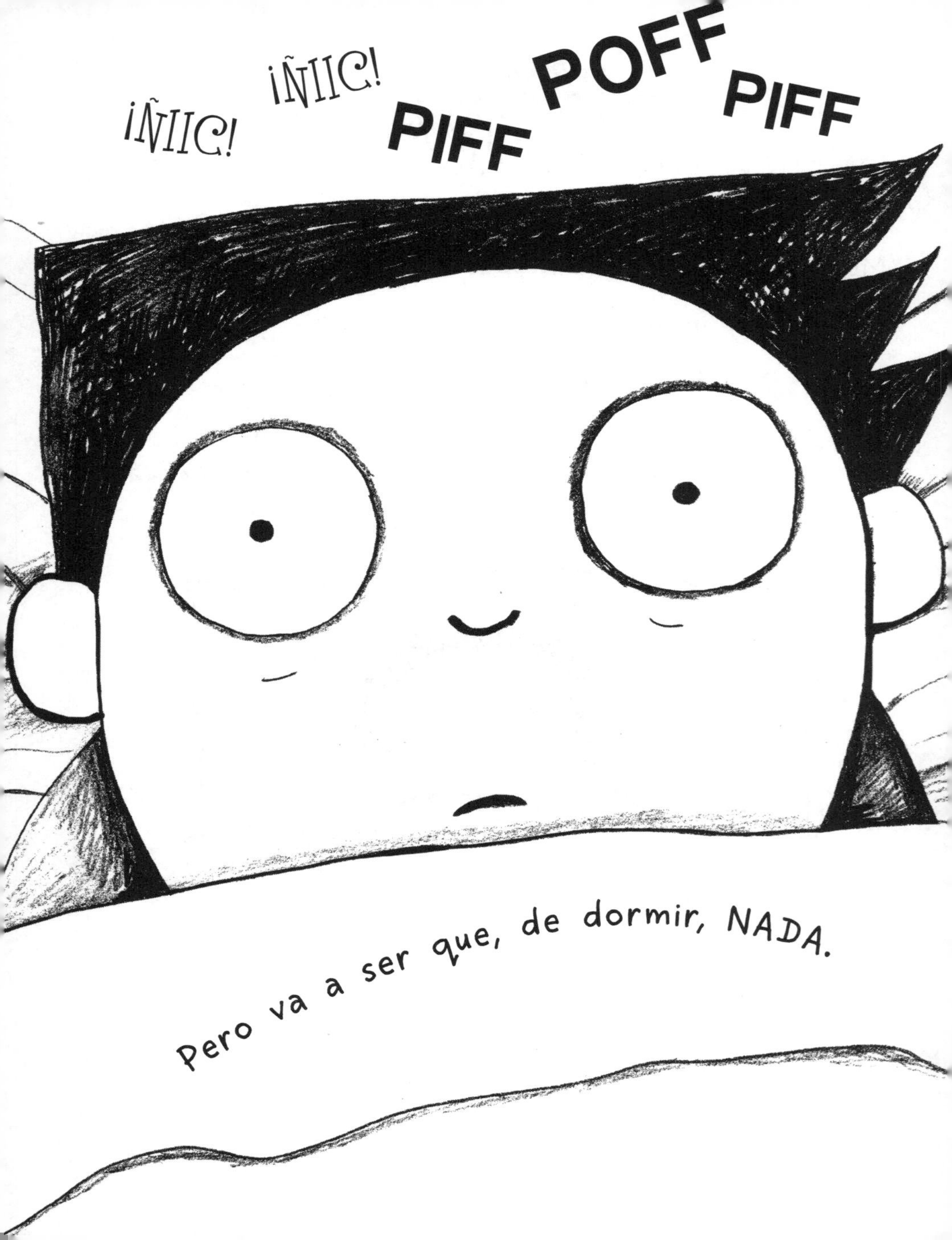
¡ÑIIC!
¡ÑIIC!
PIFF
POFF
PIFF
Pero va a ser que, de dormir, NADA.

POFF PIFF

POFF

PIFF

POFF ...

Mañana, Mark vendrá
a buscar a **Canica**.

(Menos mal...).

Me había hecho **ilusiones** de no tener que ir al cole durante una temporadita por lo del *APAGÓN*. (Pero no ha habido suerte ☹).

 «El colegio ha vuelto a abrir, así que andando, Tom», me dice papá.

Esta es mi cara de «ME MUERO DE SUEÑO Y NO ME APETECE IR A CLASE».
(Grrr).

Cuando paso a buscarlo, Derek me mira y dice: «¡Hala, VAYA cara de sueño!».

 «¿Mejor así?», le pregunto.

«Supongo», responde Derek, no muy convencido.

Hago lo que puedo por poner buena cara y le cuento que Mark vendrá hoy a buscar a **Canica**.

«La echaré de menos, PERO también echo de menos DORMIR».

(Es la pura verdad).

(174)

Eｎ el cole todo parece haber vuelto a la normalidad...

hasta que Dｅrek señala una PANCARTA.

«Sí que se han dado prisa», suspira. - uff...

Resulta que HOY es la primera...

SEMANA CANTAMAÑANAS

«Vamos a descansar un poco a nuestro banco, que falta

me hace», propongo.

En cuanto nos sentamos, se nos acerca un grupito

de los pequeños de 2.º D.

«Tranquilos, ya nos quitamos del medio», les digo

antes de que nos lo pidan ellos. Pero enseguida

empiezan a llegar más alumnos, y también los profes.

«¿Estáis preparados para la **SEMANA**

CANTAMAÑANAS?», nos pregunta el señor Kｅen.

(Más bien no).

La música empieza a sonar a toda pastilla por los altavoces nuevos y los de 2.º D se ponen en marcha. Ya no hay ESCAPATORIA. Me va a tocar hacer lo que todo el mundo.

Bueno, vamos allá...

«¿Os ha GUSTADO?»,

nos pregunta después el señor Keen. ↖ cara
colorada
Casi todos contestan: «¡SÍ!».

Yo no, porque me he quedado sin aire.
El dire da las gracias a los de 2.º D y todos aplaudimos.

«¡Han puesto el listón MUY alto!
¡La PRÓXIMA semana, OTRA clase
nos enseñará una <u>NUEVA</u>
coreografía **CANTAMAÑANAS**!».
El dire está MUY emocionado.

«Genial», le digo a Derek,
que me mira con cara de pasmo.

«Es broma», le aclaro.

Lo único que quiero ahora es sentarme y DESCANSAR.
Ya no podría aguantar más **CANTAMAÑANAS**.
Menos mal que ya ha PASADO la peor parte
del día...

«¿Tom, has traído el RELATO DE MISTERIO?», es lo primero que me dice el señor Fullerman.

(He cantado victoria demasiado pronto).

Me da toda la mañana para escribirlo en clase.

Y no soy el único que no lo ha entregado

(Brad y Amber también lo tienen pendiente).

El problema es que NO se me ocurre nada. Me he quedado en blanco. Hasta que Marcus se pone a hacer la bobada de la serpiente... y de pronto me viene la inspiración para escribir...

— TOM.

⊂ fsssss

¿ES UN MISTERIO?

por Tom Gates

¿Qué era esa enorme **MASA** viscosa que apareció un día en el parque? Era un **MISTERIO.**

Se quedó ahí muy quieta, sin hacer nada. Por si era PELIGROSA, no dejaban que NINGÚN niño se acercara. Pero había un chico llamado **Sucram*** (¡vaya nombrecito!) que se creía más listo que los demás.

Le pareció **DIVERTIDO** INCORDIAR a la MASA pinchándola con un palo. Luego la SACUDIÓ y se puso a provocarla haciendo la SERPIENTE con el brazo.

«¿LO VEIS? NO hay peligro. ¡Solo es una MASA que no hace NADA!», gritó Sucram sin dejar de hacer «fsssssssss».

(Sucram era muy repelente).

De pronto, la MASA empezó a

CRECER,
y a CRECER, y a CRECER.

Y entonces abrió la boca...

---

*Es «MARCUS» al revés.

¿Qué le pasó a Sucram? Es un **MISTERIO**... (O no).
Después, la MASA siguió tranquilamente con su vida
sin meterse con nadie.

Fin

(Al señor Fullerman le ha gustado mi relato). ☺

Buen trabajo, Tom.
¡No me gustaría nada encontrarme con esa masa en el parque!

¿Ves lo que puedes hacer cuando te concentras?

Después del cole

Derek y Norman me acompañan a casa por dos motivos:

1° Para decirle **ADIÓS** a **Canica**, porque Mark pasará a buscarla ahora.

2° Para planificar otro VÍDEO musical.

(Son dos cosas muy importantes).

Norman no para de repasar la coreografía de los **CANTAMAÑANAS**. Aunque yo no recordaba que hubiera que menearse **TANTO**.

«La próxima semana le tocará a <u>NUESTRA</u> clase», me dice.

«¡Pues conmigo que <u>NO</u> cuenten!», protesto.

«¡Como si pudieras ELEGIR!», me recuerda Derek.

«No, pero podría dolerme la PIERNA»,

digo, y me pongo a fingir que COJEO.

(Como último recurso, no es mal plan).

Practico la cojera todo el camino. (Por si acaso).

Lo PRIMERO que hacemos al llegar a casa es mirar

qué hace **Canica**. Por supuesto, duerme

como un tronco.

Recojo todas sus cosas para cuando llegue Mark.

«Se pasa el día ENTERO así»,

les cuento a Norman y a Derek.

«Pero en cuanto se hace de noche, ¡se pone como una

moto!».

Canica sigue durmiendo cuando llega Mark.

«¿Qué tal se ha portado?», me pregunta.

«¡GENIAL, me ha ENCANTADO tener

una **mascota**!», contesto bien alto...

... porque <u>SÉ</u> que mamá está escuchando.
(No digo nada de los ruidos

ni de las noches en vela, claro).
Me despido de **Canica**, pero ella ni se mueve
porque aún duerme. Como siempre.

Cuando Mark se va, Derek, Norman y yo nos ponemos
a hablar de los **LOBOZOMBIS** y de COMÓ va a ser
nuestro nuevo vídeo.

«Para empezar, que Pollo no se acerque»,
se RÍE Derek.

«¡Podemos usar el móvil NUEVO de mi padre!»,
propongo. «Seguro que nos lo deja».
(O no..., pero ya pensaré en eso luego).
Entonces hacemos un ensayo rápido de la canción
«LOS **LOBOZOMBIS** son GENIALES».
Aún estamos chocando esos cinco cuando, de pronto,
mamá grita...

Eso no ha sonado nada bien.

Ya la oigo venir para acá.

«¡Si no he hecho nada!»,

les digo a Norman y a Derek.

185

Cuando llega mamá, parece muy **enfadada**.

«Lo siento, chicos, pero tenéis que volver a CASA. Quiero hablar con Tom».

«Vale, nos vemos mañana», dice Norman, y Derek me mira preocupado mientras se van.

NO tengo ni idea de QUÉ he hecho mal.

Mamá empieza: «Cuando te dije que escribieses una nota de disculpa para tus tíos, ¿qué parte <u>no</u> entendiste?».

«Ninguna... O sea, ¡TODAS!».

(Ya me he liado).

«No les ha gustado nada recibir ESTO, Tom. ¿Cómo se te ocurre?».

Mamá me enseña la nota firmada por mí.

Queridos

tíos

No me

GUSTÓ

la comida

Estaba de

🙁 PENA

(perdón).

Besos,

Tom

¿Dónde está la otra parte? ¡Eso es solo la mitad de la nota!

← **CARA DE HORROR**

Mamá no está de humor para escucharme, y dice que tendré que escribir otra nota «COMO ES DEBIDO».

 «PERO esta vez la leeré ANTES de enviarla».

«¡Pero si solo decía cosas buenas!».

 «Estás castigado sin postre, y después, ¡a tu habitación!».

Me da **MUCHA** rabia que no me deje explicarle nada, porque la otra mitad de la nota tiene que estar por algún lado.

Intento pensar QUÉ puede haber
pasado.

Lo BUENO de estar sin **Canica** es que
podré dormir TODA la noche.
PERO lo **MALO** de estar sin **Canica**
es que...

Delia viene a darme la lata.

Veo que te han castigado...

«Lárgate, Delia», suspiro.

¿Entonces no quieres mi postre?

 Pero no quiere dármelo hasta que le enseñe
la NOTA. Cuando la ve, ¡se parte de risa!
«Falta LA MITAD», le explico.
«Bah..., así es más DIVERTIDA», me dice
en un tono CASI amable.
Mientras me pongo el pijama, sigo preguntándome
QUÉ habrá pasado con la nota. Me cuesta
pegar ojo porque no puedo parar de pensar.
Al final me duermo...

¡CUCÚ!

¡CUCÚ!

¡CUCÚ!

Hoy mismo ESCONDO

el reloj de CUCO.

Por ejemplo, en la cabaña de papá.

¡CUCÚ!

¡CUCÚ!

Me levanto muerto de sueño y bajo a desayunar.
Papá le está enseñando a mamá los CARTELES
que ha diseñado para el nuevo disco de los
PLASTIC CUP.

 «No sé si les gustarán o no»,

dice.

«Yo los veo **ideales**. Si este álbum tiene éxito,
igual te contratan para el SIGUIENTE», sonríe

mamá.

«Yo no contaría con eso... Me han dicho que
los del grupo se llevan mal entre ellos.
¡Esta reunión podría acabar siendo muy CORTA!».

«¿QUÉ es eso que hay en la carátula?», pregunto yo.

«Es una ESPÁTULA. Todas sus canciones van
de utensilios de cocina. Es TÍPICO de los **PLASTIC
CUP**», me explica papá. «Les gusta ser originales».

PLASTIC CUP

JUNTOS DE NUEVO

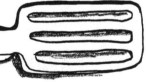

UTENSILIOS

¡NUEVO ÁLBUM!

«Y hablando de ocurrencias ORIGINALES...».

(Oh, no... ¡Y yo que creía que se habían
olvidado de mi nota!).

«¡Menuda nota, Tom! ¡Tu TÍO no para
de hablar de ella!».

«¡Déjame EXPLICÁRTELO!», le pido.

«Ahora no».

Papá debe irse y no tiene tiempo de escucharme.

Esto es urgente: ¡Tengo que

ENCONTRAR LA OTRA PARTE

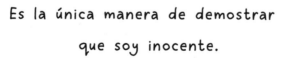

de la nota!

Es la única manera de demostrar

que soy inocente.

(Inocente de haber escrito una nota así,
no de tirar comida por la ventana... De eso sí
que soy culpable).

Cuando paso a buscar a Derek, me pregunta qué
quería ayer mi madre y se lo cuento.

«En parte tiene GRACIA...», dice, y me lleva
a la tienda de chuches que hay de camino
al colegio para animarme (y funciona).

¿Te apetece un caramelo?

¡Gracias, Derek!

Estamos desenvolviendo los caramelos cuando
nos pasa algo MUY raro. Un par de chavales
se nos acercan y uno de ellos nos dice:

«¡Eh, yo os CONOZCO! ¿A que tenéis un GRUPO
que se llama los LOBOZOMBIS?».

«Sí, nosotros dos y Norman.
¿Por?».

«¿Ves? Te he dicho que eran ELLOS»,

le dice el chaval  a su amigo.

Derek y yo nos miramos extrañados.
«No lo entiendo... ¿Cómo es que
ese chico conoce nuestro grupo?», pregunto.
Seguimos andando hacia el cole y una chica me da
unos TOQUECITOS en la espalda.
«¿Sois de los LOBOZOMBIS?».

«Sí... ¿POR QUÉ?».

«¡Sois FAMOSOS!», SONRÍE la chica,
y se pone a cantar NUESTRA CANCIÓN.
«¿Es NUESTRA canción?», me pregunta Derek.
(Creo que SÍ).
Norman se acerca corriendo y exclama:
«¡QUÉ FUERTE! ¿Cómo es que esa chica
se sabe NUESTRA CANCIÓN?».

Muy **BUENA** pregunta.

Ni siquiera hemos TOCADO «Los **LOBOZOMBIS** son GENIALES» en público. El vídeo no salió bien, y no me EXPLICO cómo esos chicos pueden conocer nuestro grupo.

Le damos tantas vueltas al tema que, al final, LOS TRES llegamos tarde a clase.

Perdón.

El señor Fullerman nos resta dos puntos de la tabla.
Uno a mí y otro a Norman.

SER PUNTUAL ES GENIAL

Grupo 1	Grupo 2	Grupo 3	Grupo 4
~~50~~	50	~~50~~	~~50~~
~~48~~		~~49~~	49
~~48~~ 44		48	

Llegáis tarde.

Que no se REPITA,

dice mientras nos sentamos.

197

En cuanto me siento entre Marcus y **AMY**,
él empieza a tararear una canción.

Es «Los **LOBOZOMBIS** son GENIALES».

Al principio no digo nada, pero como NO PARA
de tararear, termino saltando: «¡ESA CANCIÓN
ES **NUESTRA**!».

«Ya lo sé», contesta **M**arcus.

«Esta mañana he oído a unos chicos cantándola.
¡TIENE GANCHO!», añade **AMY**.

 «¿De verdad? ¡Gracias!», digo.

Lo que <u>no</u> entiendo es...

¿CÓMO se saben la canción de los **LOBOZOMBIS**?

(Es un **MISTERIO**...

Pero me alegro de que a **AMY** le guste).

Marcus sigue tarareando

a mi lado.

La, la, la...
La, la, la...

«Oye, Marcus, ¿POR QUÉ te sabes nuestra canción? ¿DÓNDE la has...?». Pero antes de que pueda acabar, ⟶ el profe me interrumpe.

Hoy nos vamos a preparar para los **CONTROLES de MATEMÁTICAS y ORTOGRAFÍA,** así que tenemos mucho trabajo por delante. Aunque, después de bailar con los **CANTAMAÑANAS,** ¡seguro que todos estáis muy EN FORMA!

(Más bien no).

Esta es mi cara de

«cómo me gustan las mates y la ortografía».

← loco
de contento

Marcus no quiere decirme dónde ha oído nuestra

canción.

«Ya te lo cuento luego», susurra.

«Ahora tengo que ESTUDIAR».

Intento que no me fastidie, pero no es fácil.

Y preparar las PALABRAS NUEVAS para

el control de ortografía tampoco es moco de pavo...

Una de las palabras es:  **BIGOTE**.

A veces, hacer un dibujo me ayuda a recordar cómo
se escribe una PALABRA:

Canica con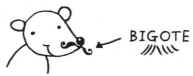

BIGOTE

Después me pongo a dibujar otras ideas.
No lo hago para repasar ortografía,
sino porque es DÍVER.

Pollo
¡Ja!

yo
¡Ja!

la cruda
realidad

mamá
¡Ja, ja!

El tiempo pasa muy DESPACIO cuando no haces cosas DIVERTIDAS. Por fin llega la hora de almorzar, y mientras hago COLA en el comedor, me pasa LO MISMO de antes. Una chica me pregunta:

 «Tú eres el de los LOBOZOMBIS, ¿verdad?».

«¡HEMOS VISTO VUESTRO VÍDEO!», dice otro chico.

«¿QUE vídeo? ¡Si no tenemos NINGUNO!», replico.

 Estoy FLIPANDO.

¿Será que hay otros LOBOZOMBIS?

 «Me encantan esos ABUELOS que cantan vuestra canción en VÍDEOS GRACIOSOS».

«NO PUEDE SER nuestra canción.
Será de otro grupo».
(¿¿De qué va todo esto??).

Y una de las monitoras del comedor VUELVE

a hablarme del VÍDEO:

«Es DIVERTIDÍSIMO, Tom,

y toda esa gente mayor

canta y toca FENOMENAL.

¡Y también sales tú!».

«¿Yo?».

«Sí, aparecen unas fotos vuestras muy bonitas,

en el colegio y tocando con vuestro grupo».

Me voy con mi plato a sentarme.

«Empiezo a entender qué ha pasado», le digo a Derek.

Y entonces, Marcus por fin se decide a decirnos

dónde ha visto el vídeo.

«En internet, en la página VÍDEOS GRACIOSOS.

Se ha vuelto VÍRICO...».

«Querrás decir VIRAL», le corrijo.

«¿Qué más da? Es muy DIVERTIDO».

«Pero ¿de dónde han sacado nuestra canción?»,

quiere saber Derek.

«Yo le di una copia a mi padre, y él se la habrá pasado a mi abuela. ¿Qué habrán hecho con ella?», me pregunto en voz ALTA.

«¡Yo lo SÉ!», salta Marcus.

(Ahora ya no hay quien lo calle).

Y se pone a contarnos todo el vídeo, donde sale mi abuelo llevando el ritmo con sus cucharas.

«Y otro abuelo toca el ukelele mientras varias abuelas lo acompañan con las cucharillas del café».

«¡Están como una CABRA!».

«Si ESE vídeo tiene TANTO éxito, igual no hace falta que nosotros hagamos OTRO», comenta Derek.

«Lo ha visto un montón de gente, que era lo que queríamos», añade.

Pues es verdad.

Empiezo a pensar que los LOBOZOMBIS vamos a CONVERTIRNOS EN ⟶

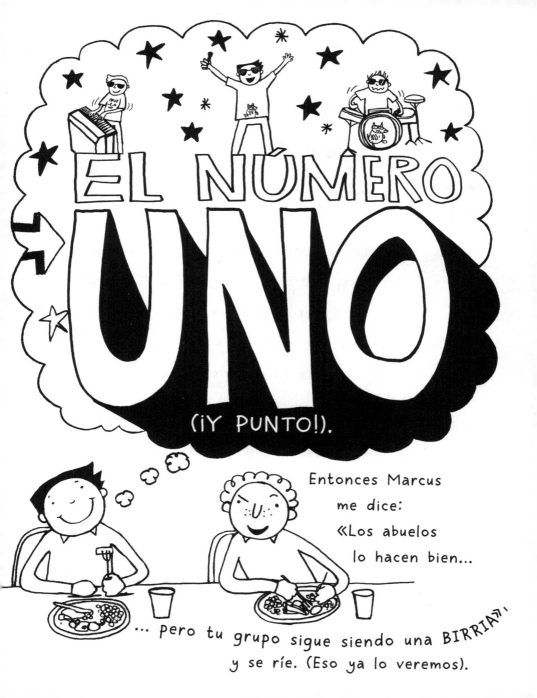

EL NÚMERO UNO

(¡Y PUNTO!).

Entonces Marcus me dice: «Los abuelos lo hacen bien...

... pero tu grupo sigue siendo una BIRRIA» y se ríe. (Eso ya lo veremos).

Tengo MUCHA PRISA por llegar a casa.

Derek y Norman me acompañan para averiguar qué han hecho LOS FÓSILES.

«¡Ese VÍDEO puede hacernos MUY POPULARES!», les digo.

«De momento sabemos que a los abuelillos les gusta nuestro grupo», añade Norman (y es la pura verdad).

Cuando llegamos, veo que mamá me espera en la puerta, cruzada de brazos (mala señal).

«¿Qué has hecho AHORA, Tom?», me pregunta. «Me han llamado de un **PERIÓDICO** para preguntarme por tu grupo y por no sé qué VÍDEO».

«¡Yo no he hecho NADA! ¡Ha sido una GRACIA de los abuelos!», exclamo.

«¡Los **LOBOZOMBIS** somos FAMOSOS!»,
exclama Norman, y Derek y yo
chocamos esos cinco con él.

«También han dicho algo de la

RESIDENCIA DE ANCIANOS VIDA NUEVA.

¿Qué significa todo esto?».

En vez de pasarme HORAS explicándoselo

todo a mamá, nos vamos **todos**

a ver el vídeo con nuestros propios ojos.

¡Y sí que es gracioso!

(En el buen sentido).

¡Es Bob!

¡Ja!

¡Ja!

¡Ja!

¡Ja!

¡Ja!

por Tom, Derek y Norman
ARTISTAS INVITADOS:
Los *cracks* de
LA RESIDENCIA DE ANCIANOS VIDA NUEVA

LOS LOBOZOMBIS SON GENIALES

(y punto).

Esta mañana,

el colegio está en calma.

Es tan temprano

que no se ve ni un alma.

Aquí sentados

escaparemos del TEDIO.

Ya llegan los Lobozombis,

y no nos quitamos del medio.

Os invitamos

a cantar y bailar.

Después del cole

nos hartamos de ensayar.

Nuestras canciones

son bestiales.

Y por eso

los LOBOZOMBIS SON GENIALES,

los LOBOZOMBIS,

los LOBOZOMBIS,

los LOBOZOMBIS SON GENIALES (y punto).

UNA SEMANA DESPUÉS

Tengo una **BUENA** noticia, otra REGULAR y otra GENIAL.

Primero, la noticia regular, que en realidad tampoco es tan mala. Parece que los **LOBOZOMBIS** tendremos que esperar algo más antes de convertirnos en el **MEJOR** GRUPO del MUNDO ENTERO. :(

El **PERIÓDICO** solo estaba un poco interesado en nuestro grupo.

Con quien querían hablar

coleta

de verdad era con **Ted Twinings**.

Alguien se FIJÓ en que era el que tocaba el ukelele en el vídeo, porque resulta que de verdad fue una **GRAN ESTRELLA** del *country*.

El vídeo se hizo tan TAN popular que **Ted** decidió reunir de nuevo a su grupo y tocar en la velada de recaudación de fondos de la abuela para la

RESIDENCIA DE ANCIANOS VIDA NUEVA.

Fue un éxito ENORME y recaudaron

un MONTÓN de dinero para arreglar todo lo que

se estropeó con el APAGÓN. Las canciones de

Ted Twinings y las Gallettes

sonaban SIN PARAR.

Todo el mundo tarareaba su famoso tema

«Que no se te caiga la galleta cuando la mojes en el café»,

que volvió a SALTAR

al número UNO de las listas.

¡El 22, los dos patitos!

Papá hizo de LOCUTOR DEL BINGO

después de ensayar MUCHÍSIMO en casa.

Y los **LOBOZOMBIS** (o sea, nosotros) tocamos

«Los **LOBOZOMBIS** son GENIALES».

Todos nos acompañaron, incluso el abuelo con

sus cucharas y **Ted Twinings y las Gallettes**,

que son unos máquinas.

Vera dijo que por una velada así valía la pena ir

a la pelu.

(Y todo esto era la buena noticia).

El padre de Derek también está supercontento.
Resulta que tenía una copia ORIGINAL del *single:*

Dice que es un CLÁSICO
y que podría valer un pastón.
(Eso me lo ha contado Derek).

Y la noticia GENIAL es...

que papá ENCONTRÓ el trozo PERDIDO de mi nota de DISCULPA para los tíos y no voy a tener que escribirles otra. (·‿·) ⟨ ¡Viva!

Me contó que estaba buscando un ARTÍCULO sobre el concierto de reencuentro de los **PLASTIC CUP** (que por lo visto no salió muy bien... (·︵·)), cuando descubrió en la papelera la otra mitad

nota de disculpa

de mi nota, toda ARRUGADA con los otros papeles que usé para mi cadena de

MONSTRUOS.

Papá me pidió PERDÓN por haberme castigado, y yo le dije que la forma PERFECTA de pedir disculpas era regalarme una **mascota** que fuese MÍA de verdad. (No hubo suerte). ← perro

Pero al volver a casa del cole me encontré una nota de mamá con una SORPRESITA.

Y eso fue →

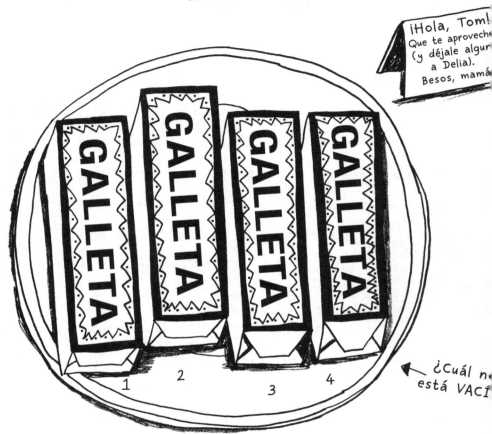

Me zampé DOS galletas,
me guardé una para luego...
y dejé TRES envoltorios vacíos
en el plato, a ver quién picaba.
(¡Y picó Delia!).

¡Ja! ¡Ja!

LOS LOBOZOMBIS SON GENIALES

(y punto).

De camino al cole, Derek y yo vamos pensando qué hacer para convertir a los **LOBOZOMBIS** en el MEJOR GRUPO DEL MUNDO.

«¿Y si le pido a mi abuelo que me enseñe a tocar las cucharas?», se me ocurre.

«También tengo ideas para nuevas canciones», dice Derek, y seguramente es una propuesta mejor que la mía.

Nos plantamos en el cole TEMPRANÍSIMO porque ninguno de los dos queremos llegar tarde.

Sed puntuales.

SER
PUNTUAL ES
GENIAL

o 1	Grupo 2	Grupo	Grupo 4
0	50	50	50
8		45	49
54		48	

Ya hay muchos alumnos en el patio. (Qué raro...).

216

Propongo que vayamos a sentarnos a <u>NUESTRO</u> banco, per **AMY**, Florence y Brad llegan antes.

«Buenos días, Tom y **D**erek», nos saluda **AMY**.

Le contestamos «Hola» y nos sentamos.

«¿Ya te has olvidado, Tom?», añade ella.

No sé de <u>QUÉ</u> me habla, pero aun así respondo: «CLARO que no».

Derek me mira extrañado.

«¡Sí que te has olvidado!», dice Florence.

«Le toca a NUESTRA clase ser los...».

«¡CANTAMAÑANAS!»,

salta Brad.

«Tranquilos, ya nos sentamos en otro sitio», les digo.

Derek y yo nos quitamos del MEDIO.

No me apetece participar en otro BAILECITO.

Aunque lo hayan creado AMY, Florence y Brad.

«No hace falta que os VAYÁIS. Así seréis los primeros

en aprendéroslo. ¡Tú ya eres un **CANTAMAÑANAS**

experto, Tom!», se RÍE AMY.

 «No sé yo..., pero gracias», le digo.

«¡Tenemos una **SORPRESA** para vosotros DOS!»,

sonríe Brad.

 «¿Qué clase de **SORPRESA?**»,

pregunta Derek.

«¡Quedaos y lo VERÉIS!», dice Florence.

«¡Es MUY DIVERTIDA!»,

añade Brad.

«¿Habéis traído chocolate?», les pregunto.

(Es mi sorpresa favorita).

«Respuesta incorrecta, Tom. Pero te va

a gustar, ya lo verás», me asegura AMY.

Y se preparan para hacer SU coreografía de

CANTAMAÑANAS.

Derek y yo nos ALEJAMOS disimuladamente

mientras van apareciendo más alumnos.

Entonces llegan también los profes, y el señor

Keen vuelve a darnos un DISCURSITO de los suyos

sobre la nueva coreografía, que según él va a ser

un ÉXITO.

«No me apetece NADA otro bailecito

de esos», dice Derek.

«Ni a mí. Hoy nadie me verá saltando», añado yo.

Pero cuando la MÚSICA empieza a oírse

por los altavoces...

219

... cambio de opinión.

¡Está sonando nuestra canción!

Esta es mi cara de «¡AHORA SÍ QUE ME GUSTAN LOS **CANTAMAÑANAS**!».

Ver a todo el cole bailando nuestra canción es muy DÍVER.

QUIÉN SABE si los **LOBOZOMBIS** seremos el mejor grupo del MUNDO...

¡Pero este es un buen comienzo!

Mi grupo fue el menos puntual al terminar el mes, pero después de ver CUÁL era el premio no me importó mucho, la verdad...

¡Enhorabuena al **grupo 2**, que ha quedado primero en la tabla de «Ser puntual es genial»!

SER PUNTUAL ES GENIAL

PREMIO PARA:

certificado

reloj de cartón

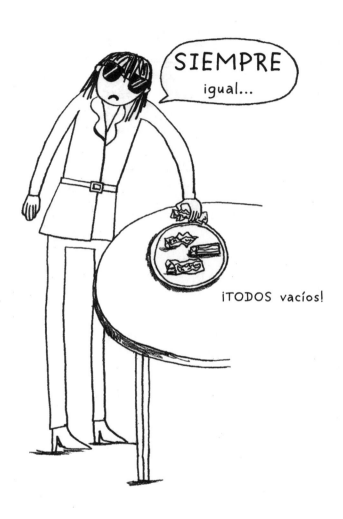

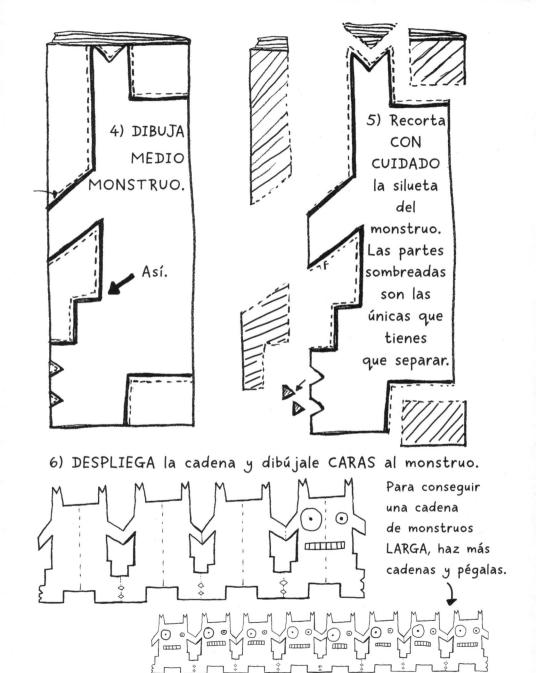

4) DIBUJA MEDIO MONSTRUO.

Así.

5) Recorta CON CUIDADO la silueta del monstruo. Las partes sombreadas son las únicas que tienes que separar.

6) DESPLIEGA la cadena y dibújale CARAS al monstruo.

Para conseguir una cadena de monstruos LARGA, haz más cadenas y pégalas.

Cómo multiplicar
por NUEVE con los dedos

(Es muy útil... si un día no te acuerdas bien
de la tabla del nueve).

Sigue los dibujos de estas dos páginas.
Primero, estira bien todos los dedos (eso ayuda).

◯ = El número del círculo (el que se multiplica
por 9) indica qué dedo tienes que bajar.

△ = El número del triángulo (la decena) indica los
dedos ESTIRADOS a la izquierda del dedo bajado.

▢ = El número del cuadrado (la unidad) indica los
dedos ESTIRADOS a la derecha del dedo bajado.

Se hace así:

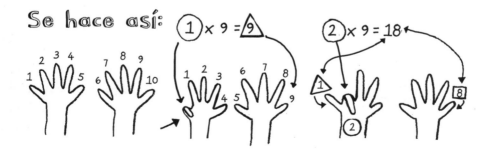

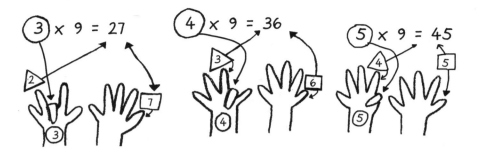

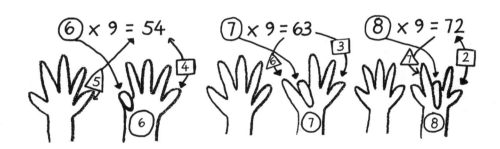

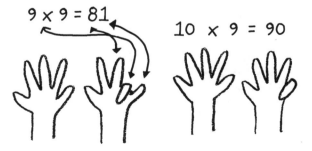

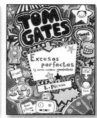

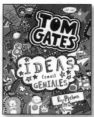

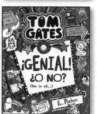

¿Ya tienes TODOS los libros de TOM GATES o no?
Flipa con el GENIAL sitio web de Tom Gates (en inglés):
www.scholastic.co.uk/tomgatesworld

Cuando Liz Pichon era pequeña, le encantaba dibujar, pintar y crear. Su madre siempre decía que su especialidad era dejarlo todo patas arriba (¡y ahora sigue siendo verdad!).

Nunca dejó de dibujar, y estudió Bellas Artes antes de graduarse en diseño gráfico. Después trabajó como diseñadora y directora artística en el mundo de la música, y sus trabajos han aparecido en una gran variedad de productos.

Liz es autora e ilustradora de diversos álbumes infantiles. La de Tom Gates es la primera colección que ha escrito y dibujado para chicos mayores. Estos libros han ganado premios importantes de narrativa infantil, como el Roald Dahl, el Waterstones y el Blue Peter, y se han traducido a cuarenta y un idiomas.

La encontrarás en www.LizPichon.com